INK

INK

文學叢書

139

孤單情書

袁瓊瓊◎著

／目次／

自序

朋友說她跑去看一隻豬，跟我講了那隻豬的事。

豬在某地的小廟裡，是廟祝養的。小廟正在巷底，進入巷口，就可以看見豬坐在廟旁，望著巷子入口。

朋友的形容，這隻豬像人一樣的坐著，臀部落置在石凳上，兩隻前腳懸空，後腳落地。肥大的腦袋沉在肩膀上，向前看著。

朋友跟豬說話，說了幾句，不外乎是把牠當個動物，用淺顯的人類語言招呼牠。但是忽然，豬站起來了。牠邁步到朋友面前，之後開始長篇大論。

朋友形容豬的說話，其實也不過就是一連串的高低音夾雜的「夯夯」聲，但是豬說得異常急促，說了許久，那混亂的，急切的「夯夯」聲，有字有句，想必也是有內容有情節的，但是，無論面前的這個人類懷抱了多大的善意，牠聽不懂。人類聽不懂豬的語言。

於是豬就離開了。牠回到牠自己的凳子前，像人類一樣的兩腳落地，坐了下來。

朋友說這件事時，兩眼發紅，幾乎落淚。她說到她看著豬的眼睛時，明顯的感覺到這隻豬內在的什麼，她感覺這隻豬的內裡並不是豬。

一隻豬的內裡並不是豬，沒有比這更可怕更悲哀的事了。

聽過朋友說這件事之後，我不知怎麼就一直想著這隻豬，揮之不去。

大概是因爲我覺得我有點像這隻豬。

在我的內裡存在的那個自己，說實話，是與外在的這個人大不相同的。奇怪的就是，我以前並不知道。

我一向認爲我是比較能夠面對自己的人。例如我不拉皮不化妝不隱瞞年齡，不收集不閱讀與我有關的評論文章，或褒或貶都讓它隨風而去，或喜歡或憎惡都讓它擦肩而過。我自以爲不讓自己沾染這一切附加之物，是讓自己保持純粹的方法。

然而，什麼是純粹的自己呢？

我以前以爲的那個自己，是非常明確的，我明白有些事我不會做，有些情感我不可能有，有些人我永遠不會接近，有些故事絕對不會在我身上發生。

然而這兩年，我顛覆了我自己。

活了這樣長久，突然發現原來一直生存在對自己的誤解中。

突然發現自己的內在有新芽冒出來。對於那個新鮮的，從來不曾相認的自己，說實話，是充滿了驚喜驚駭詫異好奇和愕然的。

啊，原來這也是我。

啊，原來我身上也會發生這樣的事。

但是我身上的奇蹟只在我內裡的小宇宙發生，這奇蹟並不及於外在。我依舊用這具盛載了我一輩子的肉身去承載我內裡滿滿的爆炸，去承載這些新出現的漫天烽火。

因此我說我覺得我像是那隻豬了。

大約要像對待那隻豬一樣，看進我的眼睛裡去，你才能懂得我在這裡訴說的話語。

1. 自我介紹

我剛結束了一段漫長而糾葛的感情，
被動的。獨自行走了一陣子之後，
我發現，雖然年紀不小，經驗不少，
原來我和所有的人一樣，
依舊想要愛想要性想要有個人抱抱，
想要一個人可以讓自己去告訴他「我愛你」「全世界你對我最重要」，
他出門的時候親吻他，他回來的時候擁抱他。
可以一起牽著手坐捷運，逛街的時候挽著他的手臂，
過馬路的時候拉著他的衣襬跟著他快步小跑。
坐著看電視的時候，把腳放在他大腿上。或著讓他躺在我的大腿上睡著。
一起喝著咖啡或茶，聽他講他過去生命裡的故事，
或者在床上躺著摟抱，用彼此不再青春的肉體溫暖彼此。

我的工作是編劇，寫了幾十齣電視劇。
現在還在寫。
編劇是很有趣的行業。因爲老是在胡思亂想，職業又需要你很會胡思亂想，所以大半時間我都不太入世。

我有各種各樣的缺點，
我脾氣壞，愛哭，愛喝酒，喝醉了會嚕人，看起來不很守規矩，
卻又一定要愛了人才肯上床，
我不會坐公車不會坐捷運，不坐計程車就一定會迷路，
我不會做飯燒菜不會洗衣服不會設定DVD，
白天睡覺晚上起床，自己一個人住所以聽音樂總是開很大聲，
寫稿時又一定要開著音樂，
每次聽刀郎的〈喀什噶爾胡楊〉都想哭，
把布蘭妮的〈Everytime〉複製了40條，燒進MP3裡聽一個晚上，
每次聽，也想哭。

只有一個優點，就是滿會賺錢的。

但是達賴喇嘛也說過，財富並不是快樂的必要條件。

我有時候也是快樂的，只是通常跟我賺的錢沒什麼關係。

2. 上網交友種種

我大約是去年開始上網交友的。

電腦其實用了快十年，上網只懂得查資料和寄信。

去年跟同居的男人分手了。

分手的原因是他認識了比我小的女人。

對於這種情勢我無言以對。

我也覺得他應該別戀，要我是男人，我當然也要選那個年輕的女人。

先說明一點，我的男人年紀比我小，所以對他而言，他們年紀相近，當然是很合適的。

於是我搬出了我們住了許多年的小屋，留給他和她。

之後是一段很困難的過程。

我每天到了黃昏時刻便過不下去了，

打電話向著我的「前男人」哭，
後來「前男人」不肯接我的電話了，
我就開始發 e-mail，約發十封，他會回一封，勸我要試著調適。
後來我跟他見了一次面，他非常溫柔，但是不可能回頭，
明明白白知道他的心在別人身上，眞是可怕的感覺啊。
我痛哭流涕，問他如果不是對我尙有餘情，爲什麼還給我回應？
他說，他覺得他像是醫生，在協助我「病好」。
我那時覺悟我自己已經成了怪物。

後來我便開始上MSN網站和雅虎網站交友。

我沒有找到可以代替他的人，
但是發現了一件事，原來友情一樣可以代替愛情。
原來陌生人的溫情一樣可以讓冷透的心暖起來。

現在回顧，我非常感謝那些有趣的，可憐的，無聊的，惡劣的，和優秀的網友，

陪我度過這段日子。

我不能說我恢復了。

寫這一小段文字，我依舊淚流滿面。

但是，至少，我已經兩個月沒有給他打電話沒有發 e-mail 沒有向朋友探聽他的消息，

我相信我會越來越好。

3. 網友威力

威力給我第一封信就開宗明義寫道：

「我要和你做愛。」

我趕快去查他的資料，發現他已經55歲。

在他的公開檔案裡，他的表現沒有這樣勁爆，

全都是平淡無奇的形容，完全看不出裡頭包藏著這種需求。

他說他是40多歲的外表，30多歲的身體，20多歲的能力。

之後他問我是否有大肚腩？他不喜歡肚皮太大的女人。

我直到看完全信，才確定他不是來調戲或者污辱我的，

雖然信裡頭完全在談那檔事，可完全是公事公辦的調調。

他告訴我他的尺寸，可以維持多長時間，
他會如何從前戲開始，在最後階段如何令我滿足。
他詢問我性感帶在哪裡，要如何才能讓我高潮？
他保證他是一流的情人，絕不會做完愛後倒頭就睡。
如果我願意與他發生關係，我絕對會樂不思蜀，愛他愛的要死。

我因爲是編劇，實在抗拒不了好奇心，就寫信問他：
一夜情對我們會不會太老了，萬一做完愛他就銷聲匿跡，
那我不是很虧嗎？

威力很快來信，說的倒是實話，
他說年紀大找性伴侶不容易，如果兩人在床上能投合，
他也不想換人。
他說其實除了性之外，兩個人在一起尚有許多事可以享受，
一起相偎著聽音樂，欣賞DVD，或著到郊外走走，一起欣賞落日。
事實上，恐怕所有的男性或威力都不了解，倒是後面的提議比較容易打動女人的心。

我們通了約五封信，信上完全可以感覺到他的飢渴熱烈，
後來我回了他一句話，他立刻不來信了。
我報告他：我很想跟你做愛，希望你不介意我腰圍四十。

我倒眞是沒想到威力居然還這樣有爲有守啊。

二〇〇二年，韓國導演樸鎭杓（Park Jin-pyo）拍了一部紀錄片，
內容是一對七十歲老人的愛情故事，包含實槍實彈的做愛過程，
看過的人都說不忍目睹。
我不必看也知道一定慘不忍睹。
但是，難道七十歲的人就沒有性欲了嗎？
我想不盡然。

我想像55歲的威力還在到處發信件給他挑上的對象，
我想像那些寫著「我要跟你做愛」的 e-mail 在網路中透過電流咻咻傳送，
忽然就非常的佩服起威力了。

4. 不起勁

其實應該寫本子，但是就是不起勁。

製作單位催稿電話一直響，我心驚肉跳，罵完所有自己會的髒字眼之後，決定把電話放到冰箱裡。

我告訴你，沒有比冰箱更好的隔音設備了。

從小就這樣，最喜歡做的事就是浪費時間。

每次感覺到自己在浪費生命時，就不期然有一種豪華感，覺到極大的奢侈，因爲自己在消耗一種無可彌補之物，在花用永不回復。

我有兩台電腦，一台工作，一台上網。

工作電腦我絕不上網，因爲有過一次可怕的經驗。

我在交友網站成爲老鳥之後，最能表明自己資深的動作，便是不再見信即回了。菜鳥階段，不論多麼乏味的人，都還一定規規矩矩的回一封感謝信。

我的拒絕信如下，有人有興趣借用，我無任歡迎。

親愛的×××，

你是（可愛，迷人，誠懇，有趣，令人欣賞）的朋友，但是我即將（出國，結婚，生產，出家，自殺）所以決定要關閉我的網站，不再聯絡任何人。感謝你的來信。再見。

（括弧內的詞句可隨意代換）

總之後來我連這種信都不回了。

有一名網友在連寫三封信不獲回應之後，給我寄來一份附件，內中是我自己的相關資料，我的 e-mail 密碼，我的私人信件，我自己的日記，我的電話簿，通訊簿。

非常可怕。
我至今不能明瞭他寄這信來究竟是善意還是惡意，
照常理，他很可以完全不讓我知道，窺探我所有的私密，
不是寄了這封信來，我永遠不知道我的電腦被侵入了。

後來我就重灌了電腦，並且用另一台電腦上網。

今天其實想講的是我花了一整晚去看其他人的網頁。
許多人在網頁上寫日記，
我喜歡的日記是那種老老實實寫自己生活的，
我不喜歡文筆優美，抒發感情什麼什麼的日記，
我也不喜歡有理想有抱負的日記，
太有意義了，反倒令我失去興致。
我比較喜歡那種簡單的面對自己的人，
只是寫自己的生活，想法。也不大在乎文筆什麼的。

我喜歡「其中有人，呼之欲出」的日記。
駭客侵入我的電腦，也許就是忽然知覺了我是活生生的，有血有肉的人，所以才發附件來警告我的吧。
不管怎麼說，我寧願相信這行爲是善意的。

5. 從今以後

導演叫我月底要去北京，因爲我在台灣效率太差啦。
這是眞的，因爲我前面在北京時工作滿認眞的。

我是過年前回到台灣來的，之前都待在北京。
去年在上海待了七個月，在北京待兩個月，
之後回到台灣，之後又去香港，再回台灣，再去了北京。
這些地名和時間串連著我自己生命中最大的一場變化。

寫給2月17日凌晨和我通話的你：
在你，要求與我爲友是哪一種心情，我不知道。
但是在我，無論你是哪一種心情，
我都要說感謝。

我想我這半年來在一種支離狀態中，
其實是不適合開始任何一種關係的。
表面上裝得很瀟灑，其實內在崩潰不可收拾。

與你的談話使我重新又自覺到是個女人，
而且是個依舊可能被愛的女人。
我覺得你是非常非常溫柔的人，
並且喜歡你聊著聊著便說
嗯
了解
的狀態，
好像能看到你點著頭，
眼鏡從鼻梁滑下來。

昨天你給我的是非常美麗的經驗，
我必須要說，我這一生不曾被人如此直接的要求過。

而我覺得你很儒雅和有禮，
眞希望自己可以年輕一點，
並且完整一點。

6. 真的是很傷呀

跟朋友甲碰面，她說朋友乙在復興南路上遇見他和她，
乙問甲說：「他怎麼……？」
甲猛點頭說：是呀。
乙又說：「那他們兩個……？」指的是我和他。
甲又猛點頭說對呀對呀！

這段話聽了很傷，不是乙和甲的對話，
而是想像到他和她一起走在復興南路上的畫面。

不可避免。台北就這麼大，
他一定會帶著她走遍所有我跟他走過的地方，
吃遍我和他去吃過飯的小館，

喝遍我與他去喝過的各色 pub，
以及，帶她去遍我與他去過的每一家愛情賓館。

眞的是很傷呀。

我認識他的時候，他才二十來歲。
大他許多的我是剛離了婚的編劇。
我的朋友，一個演員打電話叫他過來玩。
他在電話裡問了什麼，我的朋友說：「他問編劇結婚了沒有？」
我對著話筒喊：「編劇離婚了。」
那就是我們的第一次對話。

後來認識了。他很瘦很瘦，很高很高，
一雙長腿。穿牛仔褲非常漂亮。
他喜歡穿白襯衫，淺藍牛仔褲，總愛穿帆船鞋。
有時候半夜一起去超商買吃食，過馬路時我總要兩手環住他整個腰，（三十腰嗳）
我高度正好到他腋下，故意讓他一手挾著我腦袋，拖著我走。

在一起同居之後，我在小屋裡放著音樂寫稿。
他下班回來，開了門便隨著音樂邊舞邊走進來，
那景象，寫著的時候便在我面前出現了。
這是他永遠無法帶領她看見的畫面。

那時候我住在台大對面。自己一個人住，
客廳裡鋪了地毯，隨處放置墊子，
一夥人過來聊天喝酒打屁，喝醉了就抱著墊子睡在地毯上，
後來他們就叫我的家是「台大賓館」。

有一天早上我從自己小屋裡出來，
看見「台大賓館」的地毯上橫七豎八躺了一堆人。
他也躺在旁邊，正在熟睡，
因爲天熱，上衣敞開著，我看著他暴露出來的胸膛，肩膀和鎖骨的線條，
心裡想，怎麼會有這樣美麗的男人。

於是就開始追他。

7. 老男孩

有個網友，通信通得好好的。
他非常會寫信，文筆幽默風趣，
字裡行間看得出他是體貼細膩的男人，
我信裡的任何輕微思緒他從來不會漏失反應。
（這樣的男人跟他做愛一定很棒吧）

後來，突然，在情人節那天，
來了封信，義正辭嚴的說：他最近時間不大夠了，
因爲有許多網友的信必須回覆，
很高興認識了我這個紅顏知己，
不過他向來把我當作哥們，
他祝我在情人節可以找到適合我的對象。

我氣了兩天，本來想從此斷絕來往的，
但是因爲是編劇，有好奇心，
（這個藉口太好用了）
想知道爲何有此驟變，是不是他有了新歡呀。

網路交友的好處就是他出軌或怎麼，或忽然消失，
都沒什麼感覺，觸不到，聽不到，看不到，
進入網路世界就進入夢境流離，離開是回了神來，
至傷至痛好像也不會有什麼感覺，
只是夢啊。
也不用在乎尊不尊嚴，反正自己也是個夢，
翻身離去便永遠不存在。

於是就寫了信去罵他。
告訴他：我是可愛和有趣的女人，
我不要做什麼紅顏知己或者哥們，

要就來愛我，不然拉倒。

他很快覆了信，反應熾烈嚇了我一跳。
我隱隱有種自己做錯什麼事的感覺。
不懂不懂，不是說要做哥們嗎？
不是祝我找到喜歡的伴侶嗎？
爲什麼我寫封「不愛就拉倒」的信去，
他立刻過來表達情意了？

我還不知道這封信該怎麼回。

我以爲我們的交往情況，要談愛的話，目前只進展到20%吧。
要在實質世界裡，大約等同於約會三次而已。
不過他目前的熱烈狀態使我覺得跟他已經站在賓館門口了。
我覺得如果覆了信，怕就要跟他進去了，不覆信又……
因爲還滿喜歡他的。

他在交友網站裡的檔案有一張照片，站在花叢裡，滿面笑容。
就是喜歡那樣的笑容。
想像照片如果像哈利．波特的世界裡一樣可以活動的話，
一定可以看到他仰起頭來笑得聲震屋瓦。
我喜歡愛笑的男人，
伴侶不就是要一起歡笑嗎。

他，四十出頭。
現在開始懂得喜歡老男人了。
老男人比年輕男孩更有趣，是因爲他們同時年老又同時年輕。
每個老男人身體裡都有一個男孩吧。

8. 我在看

有個右臉頰長了個小酒窩的「小朋友」（不到三十歲的金牛座），因爲我的位置老在他右邊，所以總面對著他的右臉頰，他講話或牽起嘴角笑的時候，小酒窩就深深的現了出來。非常迷人。

我怎麼老是碰到有酒窩的男人？

應該是第三任男友吧，我叫他 Blue，不是因爲他很憂鬱，是因爲他很色。那時美國有個午夜節目很出名，就叫 *Midnight Blue*，Blue 的 Blue，跟 *Midnight Blue* 有拚。Blue 就有一對酒窩。

看見金牛座小朋友的時候，就想，哇，久違了，酒窩。

小朋友說：「對我來說，你只是你所扮演的角色。」
他意思是在網路世界裡，我們不過都是在扮演我們爲自己所設定的虛擬角色。
眞實度有多少，其實是很難說的。

我以前沒想過這件事，
我，和這個在網路上使用化名的我，
到底有沒有差距呢？

一定是有的。
在網頁裡裡喃喃自語的這個人，與所謂眞實的我自己，
到底有什麼差距呢？
說實話，眞實的我大概比較假吧，
網頁裡的我，其實更接近心底深處的我，
在這裡，一無照片，二無名無姓，爲什麼不說眞話呢？

我總相信，網路上許多人是跟我一樣的，
寫這些日記，眞的就只是在面對自己，
有沒有人在看，看到了之後，對自己產生什麼想像與看法，
其實都不大重要。

所以金牛座小朋友說，看了我的日記之後，覺得我是一個……的人，
我聽的時候吃了一驚，但是回想自己在日記裡所呈現出來的這個人，
沒錯，這個人就是……的人。
小朋友看的很準。

我其實滿挑的，喜歡的網路日記眞不多。
對那些我特別喜歡的人，我喜歡像幽靈一樣，
悄沒聲息的潛進去，在他的生活記事裡遊走。
離開時留下一顆心。

你可聽到那顆紅心的聲音，它在輕輕喊著：我在看我在看呀！

9. 象牙

據說大象知道自己的死期。在死亡之前，牠們會自動到大象墳場去，然後倒地躺下，與無數先祖的屍骸一起等待，死亡，以及腐爛。

最近身邊死了兩個好朋友。

嚴格說起來，從去年開始，認識的人中間，開始有人萎謝了。因爲不同的原因，死了。

胃癌，45歲。
肺癌，56歲。
心臟病，39歲。
自殺，29歲。

自殺，35歲。
車禍，28歲。
最奇特的是一個常在小酒館見面的朋友，
當天晚上還在一起喝酒，第二天，死了。

當然人類遲早總要面對死亡，
但是以前聽到的死亡的訊息，都離自己很遠。
然而，最近這一兩年，這樣多的死亡帶著我熟識的面孔出現，
在我周圍圍繞，有種死神在逐漸縮小包圍圈的感覺……
下一個就是我了吧。

今年，兩個月都還沒過完呢，兩個朋友已經不在世上了。
一個是久病纏身，到1月份終於脫離苦海。
另一個是修行人，2月份離去。
兩個人的往生都非常平和。

久病的朋友，在死前忽然胃口大開，

吃了許多從前喜歡的食物，安然睡去。
第二天，孩子到房間去的時候，他已經冷了。

修行的師父是儉省到極點的人，
一條棉被蓋了五十多年，正反面都爛了，加條被單繼續蓋。
其他用具就不必提了。
似乎他有意讓自己在這個世界上只使用極少的資源，
他年紀大了之後，食量已經非常小，
死前幾天，他幾乎不吃了，之後，
臨死前，他請了醫生來通便，自己是清清爽爽離去的。

兩種不同的離世態度。

大象拖著沉重的身軀進入大象墳場，
準備與草木同朽，
但是牠留下了象牙，
我想大象其實並沒有刻意要留下象牙。

我們也一樣，我們沒法決定我們留下的到底是什麼，
也許是象牙，也許是其他。
那是留在活人心中的東西。

10. 第一個見面網友

昨天跟一個網友見了面。
他簡直是小孩子。手腳都嫩嫩的，正在長的狀態。
人雖然不胖，不過有個胖胚子。想必將來會不可收拾。

我一見他就覺面熟。
從去年開始就老有這感覺，碰到的人都覺得在哪裡見過。
眼熟得不得了，就連「前男人」的小女友我看著也眼熟。
我在想，是前世冤親債主一一來報到了吧。

不過他好像對我沒這感覺。我覺得他好像害羞，講話老是不看我。
我也不大明白自己帶給他的是哪一種壓力。
我其實原先決定不跟任何網友見面的。

我自己現實生活裡的交際夠複雜了，
情願保持在網路的單純狀態。

這是我見面的第一個網友。
實在年紀小。

有一件事我不大了解，
上網來看我日記的不知道爲什麼都是些小孩，
點回他們網頁去看時，往往令我悚然一驚，
都是十六歲，十八歲，居然還有個十二歲的，
我猜他們是亂點吧，不然，我很難理解他們在我的日記裡看到了什麼，
而且我有點覺得我的日記是十八歲以下不宜的。

我覺得小網友有些怕我，這男生卻說：
「是你不自在吧。」
我想年輕男人面對年長女人，
尤其是心理上已經認定對方是有經驗有歷練的，

大約多少都有點不自在吧。
其實我哪有什麼歷練，不也一樣在感情路上摔得頭破血流嗎？
不過人與人相處是這樣，
他如果開始怕，
我就不怕了。

我不知道成年男人居然還能年輕成這樣。
他的手指頭圓圓的，完全是小孩子手。手掌大大的。
我看著就想，還要很久很久，
他手上的指結才會逐漸膨脹，突出到皮肉之外，
這潤潔的手才會逐漸乾枯，現出骨節。
我還以爲人是過了青春期就不長了，看到他才明白，
原來法定的成年，其實並不代表長大。

我在他身上同時看到兩種樣貌，
一個是外表上，大約人人都把他當大人了，要負起大人的責任了。
他自己已經承擔了多年，甚至也開始覺得自己老了。

心境上也許也有了青春已逝之感。

但是，另外，他依然是個孩子，依舊面對著許多無知之地。

我自己比他在人生路上先行了這些年，
實在很想告訴他，
人生的悲劇不是不能年輕，
是不能老。

看到許多在衰老軀體裡跳動的不肯去老的心，
實在是非常悲哀啊。

11. 二十三

我聽朋友說了這個故事。

一個男孩子在三年裡泡妞23名。

我跟一個小朋友說這件事，他問：

「……這是眞的嗎??我是說……是眞的事情嗎??」

是眞的事情，這男孩現在正在當兵，

人不高，瘦瘦的，皮膚黑，細眼睛，薄嘴唇，

而且，小朋友，還沒你帥呢。

他拍過廣告，我要說是哪個廣告，你可能會想起吧。

他第一次戀愛是十九歲，就是上大一那年，

在那之前，拚書拚得很苦。
進了大學之後，他覺得要找點事情來放鬆一下，
所以開始戀愛。

這個人，我們姑且叫他小世好了。
小世第一次戀愛談了一年。
這一年裡他很乖的，
所以後面那22名都是在兩年裡頭把到的。

有一天，小世的女友把他送的東西退還給他，
說：「我不想跟你在一起了。」
本來兩個人都年輕，原也就知道不可能交往一輩子，
但是女方告訴他：

「人一生一世就這一輩子，
而我不願意爲你放棄。」
〈這是〈咯什噶爾胡楊〉的歌詞啦，不過，事實上女方就是這個意思。〉

小世呆了兩天，不，兩個月，

（他是金牛座的，所以反應有點慢。）

決定出門去找一個對象，好明白：

女人到底是怎麼回事？

他在百貨公司逛，眼角掠過一個紅色影子，

他立刻追過去，但是那女孩不見了。

小世於是站到百貨公司出口，看每一個經過的女孩，

他等了四十分鐘，女孩子出來了。

小世上前去要她的手機電話，

告訴她：「我在這裡等了你四十分鐘。」

很偶像劇的情節，

可是我告訴你，

小世要到了電話，並且談了一段爲期半年的戀愛。

這半年他當然就沒那麼乖了，
因為這把來的第二號女孩，
並不是他要的。

你要說他是遊戲人間也好，是玩弄感情也好，
小世說，其實他面對每一次新的對象時，
總是怕得要死。
他怕的是：假如就是這個呢？
假如這個就是那個他要生死以之的人呢？

他其實每次都在找，
以為是了，
其實還不是。

他就怕哪一天碰到一個女孩，
自己會完全敗在她手裡。
自己會心服口服，五體投地，說：

「就是你了。」

小世告訴我，哪天眞碰到這個人的時候，他說：「那我就剩死路一條了。」

我想你會明白這話的意思吧。

12. 好朋友和情人

最近這些時候，許多事好像很容易變得非常沉重。

我有個網友時常寄歌曲來。
他就是在情人節給我寄花朵的照片，和 Sarah Brightman and Cliff Richard 唱的〈All I ask of you〉歌曲的人。

我是非常容易受音樂感染的人，
直到現在，聽到貝多芬的《月光》，依然神魂飄盪，不能自已。
我特別愛《月光》，這裡頭當然也有一段故事。
每次聽《月光》，我沒法做任何事，
只能靜靜坐著，讓自己浸泡在音符裡，
這曲子的透明沉澈，美得不可方物，

每次聽著時，都覺得自己可以在這樂音裡死去。

情人節那天，坐在電腦前，面對著網友送的花束，
把〈All I ask of you〉放了一遍又一遍，
這是首乞求的歌，Cliff Richard 的嗓音有羞怯感，
讓人覺得他在自己的情懷裡無可自拔，
有那麼多的熱望渴求，卻全然沒有把握。
我聽得神魂顛倒，要是那個人就坐在旁邊，
簡直可以立即以身相許。

幸好網友是只在網路上存在的東西。
不把他放到身邊來，他等於不存在。

網友陸續又寄了很美的歌曲來。
我告訴他：

「我懷疑你在用歌曲誘拐我，

萬一我動了心你可要負責。」

我以爲這是玩笑話的，
可是回應來了，他很嚴肅的告訴我不要愛上他，
他說：「我們要做最好的朋友，可是不要做情人。」
他警告我不要隨便愛上任何人，
網路是虛假的世界，許多人是騙子等等等等……

他這封信使得我很想像對付前面那個網友一樣，
給他一封不愛拉倒的信，看看他會如何反應。

我先聲明一句，我的網友都是老頭，不超過四十歲我是不會理的，
我喜歡給我寫長長的信的網友，
要沒有下筆千言的本事，那很快就會接到我的回信：

親愛的×××，
你是（可愛，迷人，誠懇，有趣，令人欣賞）的朋友，

但是我即將（出國，結婚，生產，出家，自殺）
所以決定要關閉我的網站，不再聯絡任何人。
感謝你的來信。再見。

這位網友就是下筆千言型，
跟他通了二十來封信了，這位我眞的覺得跟他是哥們，
他懂很多，自己也有個網頁放他自己的文章。
有老婆有孩子，還把他孩子的照片寄給我看過。
居然給了我這樣的回應，
我眞的不懂這些男人心裡到底在想些什麼呀？

你們對我一無所知，不是嗎？
除了我寫的這些文字，
你們認識的這個我到底是怎樣的呢？
我也許又胖又黑又老，滿面皺紋，
說不定還已經七老八十了呢！

13. 退情書（一）

老大：

請不要鬼鬼祟祟好嗎？
我不太相信你居然變成這樣子了，
以前，不管怎麼說你都還是很大氣，
明來明往的。

剛才雅虎通你的帳號明明顯示「連線中」，
結果我發訊息給你，沒有回應。
那應該是你吧，
之後你一直在線上，
我猜想你電腦開著吧，

可是我打電話去，還留了話，
繼續給你發訊息，還用 Skype 去 call，
都沒反應，之後你悄悄下線了。

大哥，該不會你這帳戶給了別人吧？
還是你和不方便讓她知道我打電話給你的人在一起？

你如果希望當我死了，
希望永遠不必跟我聯繫，
你就不要回這封信好了。

我昨晚在趕功課，我知道是你。
想到你前面給我 mail 時，寫一些有的沒的，
接電話你也一副羞辱我的態度。
我不想自取其辱玩這種無聊遊戲。
加上今天要交稿，所以你來電，我就不理了。

我沒有打算浪費時間在無聊的意氣之爭上。

以後如果有事情找我，請針對事情。

你媽的！我直到現在一想起還是心痛得要死沒法睡覺，不有的沒的一下你叫我日子怎麼過下去，

我說不上來。我還是時常想到你，聽這話不知道你是高興還是煩我也顧不得了。

我也不是在羞辱你，你對我不熟了我不是一直這樣的嗎。可是現在跟你也眞是沒法對話了怎麼講都不對。

其實想法是一時一時的一下這樣一下那樣一下恨你一下又想算了，一下覺得怎麼我碰到這種事我除了脾氣壞點也沒害過人一下又覺得大約我上輩子把你跟ｗｗ妹妹一起殺了又分屍吧才遭此報應。

我時常在思考我和你老大到底怎麼回事？從過去到現在我發現我一天也不懂你。

現在回想眞是沒過什麼好日子，（有了ｗｗ你對我還比較像話一點雖然我不知道那是爲什麼。）

結果我還拚命想再回那種日子裡去不是瘋了嗎。

我自己確知一點大約幾年過去了我會對你好好的不煩人不纏人的那種，如果有錢就跟你互通有無如果開了咖啡館就在晚上賣酒讓你免費喝如果看到美麗美眉就幫你拉皮條如果你不能用了就幫你出錢動手術去裝假的。

但是現在還沒辦法。

也許要過以後那種君子之交的日子就得現在先分隔個一年兩年吧但是不知你怎麼想我一向覺得我們只會越分越遠。

因爲實在不熟了。

回想我們二〇〇四年其實不也就分開了一年嗎？在我感覺我們從二〇〇三年就分開了我只是沒想到你外遇居然還會有那樣大殺傷力。

這件事到底是誰羞辱誰呢我們的看法大約完全不同然而眞的搞得我抬不起頭來我把那想法壓在最底最底可是一浮上來就覺得我眞該去跳樓我算什麼呢我是個屁我的男人不要我我還有一大水庫的眼淚沒流乾呢。

想起你討厭我成那樣就趕快去吃安眠藥。不然怎麼辦又不能眞去死雖然報紙登出就可以全國知名我只想隨便怎麼把這段日子給它過完吧。

14. Everytime

Everytime

by Britney Spears/A.Stamatelatos

Notice me
Take my hand
Why are we
Strangers when
Our love is strong?
Why carry on without me?

Everytime I try to fly
I fall

Without my wings
I feel so small
I guess I need you, Baby
And everytime I see you in my dreams
I see your face, it's haunting me
I guess I need you, Baby

I make believe
That you are here
It's the only way
I see clear
What have I done?
You seemed to move on easy

And everytime I try to fly
I fall
Without my wings

I feel so small
I guess I need you, Baby
And everytime I see you in my dreams
I see your face, you're haunting me
I guess I need you, Baby

I may have made it rain
Please forgive me
My weakness caused you pain
And this song is my sorry

每次聽這首歌都有低迴之感，尤其是聽到這一句：

Please forgive me
My weakness caused you pain

因爲知道自己想聽到的那一句道歉，是永遠也不會來的。

At night I pray
That soon your face will fade away

And everytime I try to fly
I fall
Without my wings
I feel so small
I guess I need you, Baby
And everytime I see you in my dreams
I see your face, you're haunting me
I guess I need you, Baby

After all...
After all...

15. 退情書（二）

寶：

我好悲慘，
叫了餐，
一個人吃不完，
連咖啡都喝不完。

想起以前你都會幫我吃的。

你別這樣
我會哭的

我沒想到你會回我信，以爲你會如往常一般不聞不問。

今天才開這信箱，看了你的信害我哭了半天。
現在才這樣溫柔，不是找麻煩嗎？
等下我跑回台灣去找你。

好啦，是嚇你的啦！

我剛才打電話給你，都沒人接，
手機也沒人接，電話也沒人接。
現在，禮拜五，晚上9點28分。
我只是想聽聽你的聲音。
若我在台北，一定就是你最討厭的狀況了，
我也變成每天喝酒的女人了，我喝軒尼詩，可愛的小小包裝，一瓶港幣99.4元。
我想你垂憐我，寶寶，我沒有那麼壞，不該被懲罰成這樣。
你說過我是用生命來愛你，
現在又用全部生命來不愛你，
現在比較難。

我都不知道我在香港或在台北，哪一件事會讓我更難過一點。

你回我幾個字好不好，就夠我撐一陣子。
我還在香港，可是我覺得慚愧，
因爲還是很想你和渴望你，
我覺得我不夠努力來忘掉你。

我想你的一切。
回想到有一天在樓下，我已經吃了安眠藥，在沙發上躺著。
你把我喊起來，扶我上樓去，
我因爲藥性發作，完全昏了，人摔來摔去的，你一路扶著我到了樓上。
我後來睡醒了摔下來，把你的和室門上的細木條抓斷了。
結果你聽見聲音，衝過來抱我。
寶，你怎麼這麼好，我老在想這情景。

我連告訴你我還是很愛你都不敢，我覺得你討厭聽。

九點多看到一通電話，但沒有號碼，
很多人找我，沒號碼都拒絕接。

16. 桔梗花

我特別喜歡桔梗花，到目前爲止，見到的桔梗花只有粉紅和紫兩色。我特別愛的是紫色。在花店如果看到桔梗，一定要買的。

桔梗之美是它非常挺拔，卻又非常柔軟。

花朵色調是漸層的，底部淡，幾乎是白色，逐漸顏色染深，到了花朵頂端，也就是朵沿部分，成爲鮮烈的深紫色。

女畫家奧基芙也畫過桔梗，她把所有的花朵都畫得像男人或女人的陰部，但她畫的桔梗，有點像小貓的臉，從畫面中心向人世探著腦袋。在想，這一定是她不再受世間男女欲情糾纏之後畫出來的。

北京沒有桔梗。

其實北京的花也不錯，滿美的。

不過就是沒有桔梗。

沒有桔梗，那就過沒有桔梗花的日子，

然後，耐心等待桔梗花出現。

17. 退情書（三）

你不是給我回信了嗎？
可是我打電話去沒人接。半夜兩點，不會是別人呀。
我好想聽聽你，
你上線跟我說說話好嗎？
我好想聽聽你。

我都快忘記你聲音了，只記得很好聽。
算命的看你的盤就說這個男人的聲音一定好聽。
我說對呀，人家打錯電話的都想跟他約會。

我大概醉昏了，有沒有寫錯字？
你不接也好，我大概一聽你聲音就哭了，很難看的。

寶，我們爲什麼變成了這樣？

我不想這樣的，我是比你大很多，可是可以愛人吧，你跟我在一起你就永遠比我小，你該知道的。

你就永遠年輕。

我也不知道不過我總想天亮了一切會好一點請原諒我胡言亂語，你爲什麼忽然就碰也碰不到了？

我就像在墳墓裡的回音，

我如果不喝了你肯跟我說話嗎？

我眞囉唆。

你還要冷我多久？

是一輩子嗎？

你媽的！

有一首歌叫做無所謂，

就是我從前說要寄給你的，檔很大，你可以在KTV唱，想起你唱歌的聲音眞想哭。

可是我漸漸覺得快樂了，還不錯，很舒服的感覺。

這話聽起來好像我自己在做什麼……什麼的。

寶寶我們以前老是說笑話，最愛你每次要很正經跟我說什麼的時候我一跟你亂說話你就會忍不住笑出來。

寶你多美。我說我就是愛你的肉體「我被你的美貌所迷惑」你就會忍不住打我頭一下笑出來。

寶寶你說的：「我如果說我愛你我就是說謊」但是後來也有點愛我了吧？

住在華美的時候，你在幫電視台做戲，我在房間寫劇本，開著音樂，

你一推門進來聽見音樂就跳起舞來，你的帆船鞋和牛仔褲，

如在目前。你留的厚厚長長的頭髮，如在目前。

我已經在回憶了。很快樂的。

說正經的我不怪你我誰也不怪反正就是這樣，

也許慢慢會不那麼愛你了人要莊敬自強一定可以做到的。

但是不能否認你給過我許多許多好東西因爲你我懂得享樂懂得開心大笑懂得做愛是很美妙的事。

本來我這人很嚴肅的。

18. 北京起居注

我通常都是被熱醒過來的。
所有知道我來北京的人都說「北京很冷吧」，
叫我要注意身體，不要感冒，
不過我想我如果病了，是熱病的。
實在熱得受不了。
我多半穿著單衣在屋裡走來走去。
那種人工製造的暖很不舒服，烘烘的，
比較像焦灼，不像溫暖。

昨天問女服務生，要怎麼讓屋裡別這麼暖，
因爲它那溫度調節鈕我轉了半天也沒效果，
服務員（這裡叫服務員）很明朗的一笑，說：

「要太熱，你就開窗，一會就不熱啦。」

她說的沒錯。

睜開眼和清醒，完全是兩碼事。

我時常睜開眼了，覺得自己像機器人還沒插電，呆呆的躺在床上，一片空白，整個世界都還在遙遠的某處，沒有到我面前來。

事實上，每天都不大願意起來，不知道爲什麼，發呆的，空白的狀態很舒服，也許是老年癡呆的前兆吧。

其實我老覺得「阿茲海默症」是慈悲的病，對當事人。辛苦的是照顧他的人。

英國女作家 Iris Murdoch 號稱是英國最偉大的頭腦之一，晚年得了老年癡呆症，人人嘆可惜，我卻覺得她那麼聰明，當然要讓自己得老年癡呆症，她最明白讓腦袋放鬆有多麼舒服。

發呆狀態可長可短，要視我昨天是不是把劇本交了，
要沒交，知道起床後會是很辛苦的一天，
我就會發呆久一點，就需要那麼久來補充能量。
之後就爬起來。給自己沖一杯又大又濃又黑又苦的咖啡，
站在窗口喝。
看著窗外。

這次住的是三樓，讓我很不滿足。我喜歡住高樓。
去年在上海，住26樓，住了三個月。
年尾在香港，住了一個半月，23樓。
等哪天有了錢，去台北一〇一買房子吧，
當然要住101樓。

咖啡喝完之後，坐到電腦前上網，
看看我關心的那些人是不是都按時更新日記啊，

有熟人要還在線上，就跟他即時通一下，

不過大部分內容都是趕他趕快去睡覺。

對了，忘了說明，我起床的時候多半是半夜一點或兩點。

我多半在夜晚醒來，像吸血鬼，站在黑暗的窗口，看著他即將要去獵殺的人間。

吸血鬼是在夜晚工作的，

我也足。

19. 退情書（四）

怎麼會這麼舒服？
我今天喝的這不知是什麼酒，
到ＩＦＣ買的。這是香港的大賣場，
有好多怪東西。

對不起，請容我小人得志一下。
今天從早上五點開始，
寫到晚上十一點，居然被我寫完兩集，合起來三萬多字吧，
我覺得我寶刀未老。

我想寫多一點，這樣才能偷跑回台北，
我要回去的話只有偷跑，因爲導演不會放我走的。

寶。昨天跟你通完電話，我歡喜得不得了。
大約這就是我無趣之處吧，那麼容易就好開心。
其實我明白一件事：
那就是我喜歡的，愛戀不已的，驅使我願意壓低身段，
不計一切希望能回到我身邊的，其實是從前的你。

你知道我妒忌ｗｗ什麼嗎？
不是你跟她做愛或是你喜歡她什麼什麼，
是你會跟她一起吃飯，一起談劇本，一起去看電影，
也許開著車，她坐在位子上，一起聽電台節目。
你醉了會去找她，會回到她身邊去。

我妒忌的是這個。
你大概會打電話叫她叫你起床吧。
她大概也會這樣。
也許過馬路你會牽她的手，

她去超級市場買個報紙會打電話叫你開車送她，
而你如出去吃便當就會幫她帶一份。
你會與她一起見你的或她的朋友，
而大家知道你是她的男人她是你的女人。

這對我是早已失去的東西，
在ｗｗ妹妹出現以前，便已消失的東西。

我同時在求你讓我回去，
又同時明白你我的無能爲力，因爲你已經不是你了，
而我也不是我了。

20. 杯墊

離開台北的前一天，在小酒館和朋友聊天。
她談到最近看過的一些怪書，邊說邊掏出鋼筆，
在杯墊反面把書名寫下來。

這杯墊我帶到北京來了。
剛才忽然看到。她在小酒館昏暗的燈光下，
捏著鋼筆寫字的模樣歷歷在目。

我這個小朋友，寫稿多年，
也使用電腦，但是依然隨身帶著鋼筆。
她的鋼筆外觀看起來像根雪茄。
捏著鋼筆寫字時，手指拳得緊緊的，非常認真的模樣。

她是我很喜歡的朋友。

以前林語堂說過，中國書法的精粹是：
從書法的筆路可以觀其精氣神，
懷素狂草的好，就是因爲從筆勢中可以看見他整個人，
就是要有那種不羈，才能有那種揮灑。

小朋友的字是有點卡通的，字大字小是按她自己的審美直覺，
所有的邊角都圓圓的，因爲是鋼筆字，字的線條有時寬有時窄，
在方方的杯墊上，給我寫了六本書和出版社的名字。

記憶七罪　大塊
優雅的精神病院　麥田
梵谷的遺言　先覺
食物與文化　書林
魔法的條件　尖端
全部變成F　尖端

我看著這張杯墊上隨手畫下的大大小小的字，
覺得上面的鋼筆字不輸書法呢。

我與前男人分手之後，像無頭蒼蠅一般到處亂撞，
面對過各種目光，同情的，可憐的，幸災樂禍的，對八卦感興趣的，
只有這個朋友，她從來不說跟我這場災難有關的任何話，
她只是默默坐著，等我把該發洩的發洩完了，她就告訴我她的生活。

她被一隻脾氣很大的流浪貓馴養，
每天下了班回家就很認命的拿了食物去找那隻貓，
她形容自己如何在街道上喵喵喊著，
但是那頭貓無聲無息，
在某處偷窺著她，直到覺得自己耍夠了，才發出叫聲，
優雅而無情的出現。
那時她就很卑微的立刻把食物送過去，
並從而得知，不是她養貓，是貓在養她。

她形容那隻貓是外表跟凱瑟琳．麗塔瓊斯一樣美而高傲，
但是一張嘴卻是破鑼嗓子。
她學那破鑼嗓子的貓叫給我聽，
我就發笑了。

她非常平和穩定，雖然年紀很輕，可是從來不慌不忙。
微笑著說話，不溫不火的。
講那些怪書的內容給我聽。
一個有九條命的小男孩，一個殺了自己女兒的天才少女，
梵谷是快樂的，他的悲慘事蹟其實是有人捏造的。
某個超級記憶王，他看到的字母和數字都有顏色，有聲音，有形體……
還有「兔肉減肥法」，據說兔肉是不完全蛋白質，所以只吃兔肉的話會越吃越瘦，
到最後會餓死。
我們拉拉雜雜談著奇怪有趣的故事，她把我的悲傷推到了遠方，
讓我不再被悲傷豢養。

這張杮墊記錄著她的敏慧。看到她的字便想起她傾著頭，

捏拳慢慢一筆筆寫字的模樣。
她那穩定的善意，好像就能從這回憶中散發出來，
淹滿我的房間，
使我也安定了。

21. 退情書（五）

說實話我不明白爲什麼你對我有這種效果，
前兩天我的世界簡直可怕極了。
我一直在想我是不是快瘋了，因爲我就一直坐在那裡哭，
關起門來哭，不停打電話，打給你，但是都沒反應。
我打完了就繼續哭，好像變成一種什麼……
就像電視節目中間插播廣告，
我的哭泣中插播你電話的嘟嘟聲，和「這個電話現在關機」。

我自己也覺得，這絕對不是愛，這種愛太可怕了。
一點正面的意義也沒有。讓人不舒服。
我要是你，我也需要找另外一個女人。
我睡不著，食之無味，滿腦子要如何偷跑回台北去，

但是不能，因爲導演第二天要劇本。
就游離著在寫劇本，一半腦袋瓜很快樂的寫著劇本，另一半一邊哭一邊看時間，每隔半小時就去打電話。

我謝謝你願意接我的電話，在那之前，我跑去一間酒吧，喝了亂七八糟的酒，沒人搭訕，我大概太老也太胖了。
然後就哭回來。
不知你能不能懂，我並不覺得我悲慘，我只是覺得我好像生病，哭就像流鼻水發燒一樣，一種症狀而已。

很很很難過，你知道嗎？
我完全可以理解有人跑去上吊或跳樓的心情，就是覺得很厭煩，這病怎麼老好不了要拖多久啊！
因爲太煩了所以……
其實大約跟把門一關，出去買包菸換心情的狀態一樣吧。

我是不會做這種事的，其實一點這種念頭也沒有。因爲還是最愛自己。

在沒跟你說話之前，我實在效率差極了。
想也知道，因爲不能專心。
然後那天跟你通上話，
前一秒我還一直在哭，你在電話那頭說喂的時候，
整個屋子忽然明亮，有什麼東西突地罩下來，
我所有的痛苦，怨恨，恐慌懼怕立時化去，
你對我就有這樣大的作用。
不管你信不信，其實一直如此。

我就是不明白，你到底是什麼東西呢？
爲什麼對我有這樣大的力量？
說實話，你完全不是個聖人。
我也絕對相信你對別人沒有這種 power。
但是爲什麼對我就有呢？
說了你不會相信。聽見你的聲音或者你把手放我身上，

我是連肉體的痛都會立時化去的。
但是，相對的也是，當你離開我，拒絕我的時候，
那些狀況也眞正帶來肉體上的疼痛。

你出門我會找你，不停打電話給你，
沒法睡覺，等你回來，
大概也不是關心或愛，實在只是因爲太痛了，
想要解除而已。

所以在你我的關係中，我多半時間總在生氣，
常常限制你這你那，都跟這狀態有關。
因爲我討厭失去自主。

22. 挑選與被挑選

Vida與我的關係非常特別。
我大約是有生以來頭一次與人產生這樣又近又遠的關係。
他是我在交友網站上認識的網友。最初沒理他。
我說過我喜歡別人給我寫長長的信，信寫得簡短我多半不搭理的。
Vida的信就寫得很簡短，就一行。
我當然沒理他。但是他繼續來信，每封信都很短，一行。
每封信內容跟第一封差不太多，說想與我為友，

我實在不懂他是看上了我哪一點，
我除了簡介，沒有別的途徑可以讓他了解我，我又不放照片。
後來他寫到第八封信時，我寫信去拜託他不要來信了，
我說我已經在跟別人通信，沒有時間跟他交往。

他的信停了。

然後，在除夕晚上，我開信箱，接到 Vida 一封大約五百來字的來信，他說他不善中打，這封信花了他三個鐘頭，差點打出心臟病，之後他有些傷感的說到他已經離婚，他自己一個人在除夕夜面對著電腦。然後他祝我新年快樂。

我不能原信照引，我只能說，他信裡表達的情緒比我上面述說的要更多，也許是因爲那些標點，那些空白，那些停頓，那些不算是非常通順的語句，總之，他使得我的心柔軟，忽然覺得非常心疼他，我於是回了信給他，請他要自己好好過，另外祝他新年快樂。

他的回應很快發來了。這次完全是英文，他寫了很長很長的信給我，講了許多許多。這之後我們就開始通信，他英文，我中文。

Vida 感情非常豐沛，中文阻礙他，但是用英文書寫，他就表達得非常流利。他說他從頭到尾只給我一個人發信，

我不了解他是如何挑選了我，又爲何對我有這樣強的執念，
我們開始通信之後，我就跟他約法三章，不見面，不通電話，不通即時通。
之所以作這個約定，是因爲我開始感覺到自己在逐漸向他傾倒，
如果不作約束，實在不知道自己會做出什麼事。

Vida 患有憂鬱症，直到現在還在服藥。
因爲憂鬱症，失去婚姻，失去工作，
現在找了個計時的工作，有一搭沒一搭的做著。
確定可以不打中文之後，他便開始給我排山倒海的發信，有時一天四五封。
任何事都告訴我。他自己的成長，他婚變原因，
他對妻子的感情，
他在憂鬱症發作時的幻覺，心情。

他讓我非常……難過。
我難以形容這種感覺。
他就像我是全世界唯一的人類一般，
對我吐露他所有的由內到外的事情。

他身高161，體重56，「頭髮稀疏」，寄了張照片給我，
完全是小孩臉，卻顯得更年輕。
他用他的失意和脆弱無助淹沒我，
使得我與他相距千里外，可是看他的信件時，
我想擁抱他，親吻他，
好像要代替整個待他不公的世界去償還他溫暖。

我幸好已經來到了北京，不然我猜想我遲早會去找他，
覆蓋在他身上，隨他跟我要什麼。

Vida畢竟是聰明的，他用憂鬱症患者的直覺嗅出了我，
對於憂傷這樣沒有抵抗力，
也許便是我的無能，
與脆弱之處。

23. 退情書（六）

對不起我愛寫字，所以今天又來了。
你不用回信。你甚至不用表示你看過。
我只是想把我這些時候裡整理出來的想法說一下。

我今天過得比較不好，中午去跟導演吃飯。
導演很客氣問我能不能快一點，他覺得我太慢了。
我回來路上就很沮喪，怎麼我老是碰到這問題，
有時在想到底外界跟我要求的是一種什麼速度啊？
我11月24日來到香港，到現在交了15集分場，6集劇本，怎麼還不夠快呢。
所以就答應導演，12月22日要交到15集，他一直逼，後來我就說好吧。
媽的！只剩一個禮拜，要我跳樓啊！
而且戲是2月底才要拍，這樣死逼活逼要幹什麼呀。

這種時候，就非常懷念你磐石般的穩，你永遠八風不動。
（也許你內在另一回事，但我看到的你總是很穩。）
而你的穩當，其實塡補了我大部分的不安。
以前人家總說我很「強大」。
我也一直覺得自己強大，有力量。因爲內在很滿，很充實。因爲有你。

但是後來我跟你就很「隔」了。
這個「隔」的階段，現在回想，也不是T出現才開始，
其實是前面生活裡就不對了。
T是第一個跳板，ww是第二個，你踩著他們離去。
在我，我同樣也有我的跳板，我的跳板就是我決心不要再愛你。

我們分手，其實談過許多年，最大原因，你我都明白，
是對未來沒有希望。

我們在一起過得那麼糟，我歸咎你，

而你歸咎我。
奇怪，這其實是同一件事，可是我們談的時候，
永遠把它當作不相容的，好像只能作一種選擇。

未來沒有希望，是我決心要脫離你的主因。
也是你一直說一定要跟我分開的理由。
只是我們一直都在拖，因爲還是有許多難以割捨。

所以雖然我把你趕去樓上住，又還是會回頭求你來愛我。
而你雖然斷然說不要我，無法跟我在一起，
你也還是會在酒醉的時候問我：「你是不是病了？」
現在回想，這回憶變得很溫暖，
現在才明白你是在努力，你也試過要改善與我的關係。
但是我們時候不對了，你的善意換來的往往是我的冰冷。
現在才一點一滴看到了你爲我們的關係努力的種種，
但是那時候我完全放棄你了，我對那些善意視而不見，

甚至還有些小小得意，想說：你現在這樣做來不及了！

關於你會和ｗｗ一起，你常說是因為我選擇到大陸去，
是我要離開你。

你一直有巨蟹座的直覺，是的，這是事實。
我是要離開你，我花一整年時間漠視你，拒絕你，
為的是讓我們分手的時候，你會是那個比較痛苦的人。
而我想你也一樣，
你和ｗｗ在一起是為了要讓我在分手關係裡成為比較痛苦的人。
我不是故意漠視你和ｗｗ在一起的快樂，
不過，想來你那天告訴我說你和ｗｗ外遇了，
一定也有勝利的感覺吧。

當然，現在這整件事已經完全不一樣了，
我也知道。
我相信你已經從ｗｗ身上得到我很長時間不願意給你的東西，
我也相信你是快樂的。

24. 不習慣

昨天有網友捎信說台北大雨。一整夜下著。
已經想像不出那種情景了。

北京是明亮的城市。
第一次來北京是二〇〇三年春天，當時從飛機上下望，
整個城市在底下燦亮發光，像黃金打造的。
當時就覺得難怪中國許多朝代要拿這座城市作都城，
它整個就是一副被挑選出來的模樣，
像是神指定的城市。

現在應該算是初春。外頭總是明晃晃的，
透明薄亮的陽光像一杯茶，澄澈金黃，

覺得它暖暖的，適合包裹在身上。
但是走出去就覺得冷了，
也不是刺骨的冷，就是隔夜茶的寒涼吧。
騙人的陽光。

昨天收到多年來第一封
像是情書的東西。

要不要開始談個戀愛呢？
想了很久。

英語說「fall in love」，使我老覺得愛的發生應該像被雷打到吧，
或者是像不小心踩空，之後向深淵無底的墜落下去，

回想我這一生的感情事件，不知道爲什麼，
可能是因爲發生的時候總是不相信，
所以被雷打到之後，總要兩三個月後才知道，

知道之後就來不及了。

最近的一次，在深淵裡墜落了許多年才到底。

其實不是懼怕，比較像茫然，或著說像不知所措。

覺得面前來了個不習慣的東西。

「閉上眼　小憩時　我感覺到他從背後摟著我

扣著我肩兩耳相貼　與我共同傾聽此刻的情境」

我猜想我這人大約很官能吧，

就是這樣的字句讓我頭昏。

整夜裡感覺著臉頰上的溫度，

以及其他。

還沒回信。

還不知道要怎麼辦。

我也不太知道自己是在擔心或者迷惑或者等待或者
欲求著什麼，
大約還是不習慣吧。

25. 退情書（七）

不是不想跟你談，實在是很多工作要做，這禮拜六要忙通宵。
小楊的東西也 delay 了。
所以我只是看一看，沒時間回信給你。你就包涵一下吧，
再說……你現在不是也很忙嗎？
爲何不把心思放在工作上呢？
先做重要的事吧。
加油了。

我都是寫完了功課才坐在這裡寫信的。
你忘了，寫東西我一向很快，我的問題只是我不願意去寫而已。
我在這裡因爲每天導演都來催，算是滿規律，一天寫 750 行上下。

還要修昨天交出的劇本。我的上升星座的規律好像在這裡發揮出來了。
我也不知道爲什麼從前寫劇本那麼不快樂，
因爲現在寫東西很舒服，很快樂，
我發現我很喜歡寫，
我說笑話：
只要有人管我吃管我住，幫我收屋子，交全部帳單，
寫完了亢奮的時候來個人哄我睡覺，
那我可以免費替他寫東西。寫多少都無所謂，
因爲我所需要的都有了。

當然我也很感謝我都寫了這麼多年了，靈感，還是這樣源源不絕，
想寫什麼都能寫。

你回我信我非常快樂，就像聖誕禮物。
寶你總是能讓我非常開心快樂的。你一向有這種能力。
我想一定也有別的人有吧，我還在找，我也相信一定可以找到的，
那時你就可以免除負擔了，我會去吵別人。

26. 我的房間

我住過各式各樣的房間。
我認識的房間絕對比我認識的男人多。

關於這一點，可能跟我的不安定有關，我曾經在一年裡搬了21次家。
那是結束第一次婚姻的時候。
忽然發現自己很自由，要去哪裡要住哪裡，都行！

那時候已經開始寫劇本，就從那時，養成了讓製作單位替我安排住處的習慣。
大半是旅館套房，依照製作單位對我劇本看重的程度住著不同價錢的旅館。

剛開始還不使用電腦，我帶著稿紙到處跑，
我只在旅館睡覺，通常在咖啡館寫劇本，

一邊寫一邊不停的叫咖啡喝，
一邊聽隔壁客人談話或吵架。
相信我，這裡有許多對白和情節和故事。
全都精采得不得了。

是遇到了「前男人」之後才安定下來，開始在一間屋子裡住上一年半載。
爲什麼在房間裡待不住，自己也不明白，
那時大約心很野吧，到處亂跑。心情不好就去換個旅館。
在路上逛，忽然發現哪一間旅館的模樣或招牌很喜歡，就又搬家了。
我就像風一樣。
原來女人也是需要一個男人來把她抓下來綁住的。

現在北京住的旅館是連鎖旅館，
套房，一房一廳。因爲有時候導演大人或演員要過來開會。
客廳裡一台電視，臥房裡一台電視。
比較奇異的是這兩台電視不同頻道。

我自己房間裡，雙人床，一桌一椅。一衣櫥。一置物櫃。一床頭櫃，一電視架……
旅館裡有一份傢俱和用具清單，我時常想我有一天要把這份清單影印，
作爲我自己日後購置家當的標準，
我發現人其實不需要太多東西，
旅館裡清單上的東西就足夠了，就可以過得很好。

我的雙人床其實也沒有任何浪漫之處，
雙人床的另半邊，通常是堆了一疊疊的資料，
列印好的劇本，參考書籍，音樂CD帶，在大陸買的電影DVD。
另還有一大堆的泡麵，餅乾，小零嘴，一盒盒堆著。
編劇的夜晚就是一邊吃零食一邊寫稿，大聲放著音樂。
等到肚子實在餓得受不了時，跑去客廳煮開水泡麵。
之後看著奇怪的電視節目，把泡麵吃完。

不不，不像你以爲的，旅館樓下並沒有 pub，
pub 在一條街外。
pub 裡的吧檯前，坐的也不是迷人的男人女人，

並不是電影啊。

而我也不像你想像的孤寂，
孤不孤寂其實在靈魂，
不在形體，
你說對不對？

27. 退情書（八）

可是我不想吵別人，我就只想吵你。

我還是非常非常非常的愛你，就是愛你的每一部分。
想起你的形影就會淚如雨下，我如此糾纏我也很慚愧，
像你說的，都這麼老了還兒女情長，所以我總想這不是愛吧，
對你的這感覺不知道叫什麼。
希望不困擾你，因為我也在自我調整。

那天算命給我的影響是在後面才漸漸浮現，
我想我的任性，無理，把事情要做盡做絕，
當然是由於憤怒，也是因為自信。
對不起，我說實話，你也許和ｗｗ很好，

但是我看不上她，直到現在，我還是一樣，
不覺得她是個對手。
我對她的「敬意」，或者說「承認」，
不是對於她，是對於你，ｗｗ於我是一個「你對抗我的工具」，
她是誰都行，她長什麼樣，什麼個性年紀都行。
我覺得她是「你用來作戰的工具」，
我不是計較她，我是計較你，計較你要來跟我打戰。
但是說實話，你打這個戰，也不是爲了ｗｗ，你在爭取的是你自己的自主和自由吧。

我現在說的是前期的狀況。
是在我還沒來香港之前的狀況。
我敢於跟你亂鬧，是根源於一個信念，
我依舊相信我於你是比ｗｗ重要的，
我依舊相信你愛我勝過ｗｗ，
我依舊認爲我是你的一輩子，
我認爲我是不可少的，而ｗｗ是會結束的。

而在這種信念之下，對於你的外遇的衝擊，我事實上也感受到實質的痛苦，說不苦是假的，你若想到ｗｗ與別的男人上床（不拿我舉例是因爲我想我沒那效果了），一定也會痛苦吧。

所以那些作爲其實是混雜著一大堆因素去做出來的，而你又很有反應，因爲你的反應，又觸動我的反應，事實上，是我們一起把這個「球」做出來的。到後來，本來是到底想怎樣已經完全變質了。造成你的困擾我很抱歉，但是我付出代價了，我失去了你。只是前面我以爲我承擔得起這個代價。

28. 給你

你是非常非常需要去愛人的人嗎？
我覺得你內心好像有許多的愛要釋放出來，
可是沒有對象。

我總覺得人有兩種，
一種需要愛人，
一種需要被愛。
愛和被愛其實只是起點的不同，
愛人的到最後，還是要計較被不被愛，
被愛的，到最後，也必須靠去付出愛來圓滿自己。

我老拿性關係來開玩笑，但是認眞來說，

性關係其實不就是「愛的完成」嗎？
是愛的最終落點。
如果性靈一點來看，
進入和接受的那時間裡，無論怎樣的陌生人，
都在那一刹那是相愛的吧。

這樣想的時候，
對於任何下流淫穢的請求，
我都覺得是沒法發怒的，
因爲看到了你荒寒的那一面，
看到了你那副奇怪的面目下，
你自己大約也難以面對的卑微請求：

來愛我吧，或者：
讓我愛你吧。

現在這世界，不知道爲什麼，

愛比性難。
要找做愛的人很容易，
要找愛人很難。

我在你的訊息裡看到
你自己被你的渴望焚燒得多麼難過，
你也許誤以爲那是性的飢渴吧，
其實不是哦，
可能還是想要去愛吧。
想要一個專心專意的對象，
明瞭你所有行爲的出發點在哪裡。
原諒你的過錯，疏忽，無意和有意，
明白並且相信，無論你做了什麼天大的事，
骨子裡，你的愛始終存在，
因爲愛過，就在了。

29. 退情書（九）

或者說，我一直以爲我不需要付出這種代價。

那次算命，讓我明白：原來你眞的是一個會失去的東西。原來你也會眞的愛上別人。

原來你跟我說，你很快樂，你很喜歡ｗｗ，不是氣我或對抗我的話，是事實。

我是怎麼學會來面對這件事的，過程就不必說了，但是重點是：我眞的明白了。

前面每次說我明白，說我認了，說我會接受，其實都是假話。

根本沒接受。每次對你說那種話，其實是希望會從你那裡聽到我喜歡聽的答案。

而你不說的時候，就自己騙自己：說你還在跟我對抗，所以不肯說實話。

但是我現在明白了。ｗｗ確實有一種優勢是我無法對抗的，就是：她逐漸成爲你的習慣，而我，已經沒有這個機會了。

我們說實話，就算你和ｗｗ的事我不知道，但是我明年一年如果還是不在台灣（目前這件事幾乎已成定局了），狀況一樣，你的生活裡沒有我，只有ｗｗ。

你只是找ｗｗ更方便，更不怕被我識破，更便利，和現在沒有差別。就算剛開始是偷情性質，日久天長，她分量一定會加重，除非她拋棄你，你不會離開她。而不論你信不信，我不忍見她拋棄你。

我給ｗｗ的信中那句話是眞實的，雖然聽來肉麻。你眞的是我的寶貝，你是我最最珍視的東西。（寫這話時忽然想起寶你常愛說我：「又在裝了！」你現在如果這樣想，我眞的沒辦法，我想你從來沒有理解你在我心中的根扎得多深。）

所以，我就是這樣想開的。

你跟我的分離，其實勢所必然。就算不是ｗｗ，猜想遲早你身邊也會有一個伴出現的。而現在，至少ｗｗ是你自己挑選的，而不是喝醉了跟人胡亂發生關係弄來的。而且我得到的印象，她對你也很癡，很好，至少是一個眞正愛你的人，也是一個眞正讓你開心愉快的人。

那天你說：「我很喜歡她，我跟她在一起眞的很快樂。」那樣甜蜜的陶醉著的神情，到現在，此時此刻，依舊刺傷我。但是，我願意換一種心情來想：

我是沒有能力讓你有這種心情了，那麼，有人能夠給你，讓我的寶可以這樣快樂。我爲什麼要計較呢？

分手是痛苦的事。現在想，好吧，幸虧你沒有什麼痛苦。因爲想到我們的分手，究竟還是成全了一些事，所以對我自己的狀態，忽然就比較容易接受了。

講白一點：我有點覺得我在為你犧牲，而你既然快樂，那至少我沒有白犧牲。如果兩個人都落不著好處，我就會想：這樣子所為何來。

我實在囉唆，很抱歉。不過我在逐漸恢復中。

我已經接受你有你的新生命新生活，

我也準備開始我自己的。

也許這次的分手，眞的能讓你我都找到幸福吧。

至少我一定要努力去找到，我不會輸你跟ｗｗ的！

30. 記下是為了忘記

「記下是爲了忘記。」

這是現代詩人夏宇說過的話。

那時，只覺得是現代詩式的繞口令，完全沒有實質感。

但是現在，在人世裡幾番風雨，就眞的發現，

許多事你一定要讓它蓋棺論定，

沒有那個結束的動作，那件事就永遠在那裡卡著。

雖然我的朋友說：

「男女朋友分手，不逾半年都不算最後結局。」

不過，對我而言，「退情書」告終就算是結局了。

有個天蠍座的朋友，在來北京之前，我半夜跑到她家去喝紅酒。

我們其實認識半年吧，
很談得來，大約跟兩個人都是性情激烈的女人有關。

女人要性情激烈，得有本錢。
她是女製片家。人長得又烈又美。
事業橫跨兩岸三地。
說實話我的女朋友們都是那種很難搞的女人，
都是那種男人出了狀況掉頭便走的女人，
像我這樣沒出息拖拖拉拉的，是很少的。

天蠍座女友跟我講了她自己的故事。
啊，以前完全沒聽她提過。

發生在五年前，她的對象，我要把名字說出來，
那《壹週刊》會很忙了。

天蠍是愛與死亡的星座。對於感情，從來不走中間路線，

一定是極端的。

我的天蠍女友愛的這個人有妻有子，於是，
在兩個人的戀情裡，自然就充滿了那一類的情節，
男人過來找她，歡情完了就必須回妻子身邊去，
她去找男人的時候，如果正巧他的妻子在一旁，
她就得退避到暗處，遠遠的與那個男人對望著，
除了眼神，無法有別的接觸。

有無數次，她自己在夜風裡走著回家，邊走邊哭。
也有無數次，她躲在男人住屋的對街，看著窗口，
什麼也不做。直等到天色發白，怕讓人看，才招車回家。

兩人相戀了七年，每次見面要做什麼的時候，
她總是喘不過氣來，渾身發抖。
因爲每次見面之前都已經積壓了重重的渴望。
事前暈眩，事後哭泣，

七年裡她一次也沒習慣過。
她愛這個男人愛到願意爲他死。

這句話好像所有情人都會這樣說吧，
但是天蠍說這句話的意思是：
你如果要她從高樓跳下去證明她的愛，
她就會跳下去。

有一天，男人承受不住這個重擔了。
這是可怕的愛，女方的燃燒從來沒有結束。
一口氣溫暖了七年，溫室也會變成地獄吧。
總之男人就去找了另外的女人上床，用新的女人來趕走舊的那個。
我的女友知道之後，就默默的離開了。

有三年時間，她只要聽到看到他的名字，她就跑去找人喝酒，
喝到讓自己忘記那個聲音和那個臉孔。
她把所有他的相片，報導，海報全都剪碎，把他留在自己身邊的一切物品，

INK PUBLISHING

讀者服務卡

您買的書是：________________________________

生日：________年________月________日

學歷：□國中　□高中　□大專　□研究所（含以上）

職業：□軍　□公　□教育　□商　□農

□服務業　□自由業　□學生　□家管

□製造業　□銷售員　□資訊業　□大眾傳播

□醫藥業　□交通業　□貿易業　□其他________________

購買的日期：________年________月________日

購書地點：□書店　□書展　□書報攤　□郵購　□直銷　□贈閱　□其他

您從那裡得知本書：□書店　□報紙　□雜誌　□網路　□親友介紹

□DM傳單　□廣播　□電視　□其他

您對本書的評價：（請填代號 1.非常滿意 2.滿意 3.普通 4.不滿意 5.非常不滿意）

內容______　封面設計______　版面設計______

讀完本書後您覺得：

1.□非常喜歡　2.□喜歡　3.□普通　4.□不喜歡　5.□非常不喜歡

您對於本書建議：

感謝您的惠顧，為了提供更好的服務，請填妥各欄資料，將讀者服務卡直接寄回或傳真本社，我們將隨時提供最新的出版、活動等相關訊息。

讀者服務專線：（02）2228-1626　讀者傳真專線：（02）2228-1598

廣	告	回	信
台灣北區郵政管理局登記證			
北台字第15949號			

235-62
台北縣中和市中正路800號13樓之3

印刻出版有限公司　收

讀者服務部

姓名：________________　性別：□男　□女

郵遞區號：__________

地址：________________________________

電話：（日）______________（夜）______________

傳真：________________

e-mail：________________________________

INK

剪碎，撕爛，沖下抽水馬桶，
開著車在九彎十八拐的省道上，一路往窗外扔，
讓那些曾經是愛的信物的碎片，隨著冥紙一起飛舞。

兩人分手三年後，在一次朋友的聚會中重逢了。
男人像沒有事一樣，過來摟著她。要送她回家。
我的女友把他推開，跟他說：「你對不起我，我已經不愛你了。」

這是三年前知道那男人背叛的時候就要說的話，
在胸口裡堵了三年，直到現在才說出來。
那就像一個句點，有了這句話，兩人的糾纏才眞的結束。

女友捏著紅酒杯說：「至少我現在不是爲了要忘記什麼喝酒。」
我說：「我也不是。」
我們很快樂的乾杯了。

31. 關於喝酒

關於喝酒，我都不知道得怎麼來形容我自己。

我滿喜歡酒味的，事實上是菸味酒味都喜歡，
大約跟我父親也抽菸也喝點酒有關係。
菸和酒總是使我想起他。

我從來沒覺得這兩種味道是臭的。

菸味是暖暖的燥燥的，於我，是跟陽光，泥土，男人的鬍子，皮革，寬大的胸膛，
連結在一塊的。
如果有漂亮的手，手腕上突起骨結，手指長長的，指甲方方的，
那男人抽菸的模樣眞要迷死人，

如果有方方的下巴，帶一點青青的鬍碴，薄薄的嘴角，菸斜叼在嘴角上，那模樣也是可以殺人的。

來北京的前一天，我和天蠍座女友一起看她現任男友的照片，她拍的，那男人叼著菸，微瞇著眼，正在彈 keyboard。

我立刻就同意對方雖然比她小十歲，當然非愛不可。

我們用那小男人的照片，下了不少酒。

我十六歲生父去世。

正在學校考試，被訓導主任叫出去，告訴我：你快回家去，你父親過世了。

我站在教室外，低頭看著訓導主任的黑皮鞋，空間忽然變得無限大，到處白花花的。光亮得煩人。

我父親在醫院裡過世的。我到醫院去找他的情景，現在回想，完全像電影畫面，非常不眞實。
我記得我穿過一扇又一扇的門，
許多病床，那些病人都在看我，
然後到了我父親的病房，推開門，
床是空的。

我一直沒見到我父親最後一面，
所以老覺得，他的死大概是個騙局吧。
有很長一段時間，老是夢見他，
在老家門口，跟他坐在小凳子上講話。
父親就一直維持他去世前的模樣。
我年輕的父親。有一天，也許七八十歲還會夢見他吧，
那時八十歲的女兒，滿頭白髮，和四十歲的父親一起坐在凳子上說話，
一定很溫暖。

父親跟母親感情很好。
兩個人喜歡在半夜裡，趁小孩都睡了，躲在客廳裡小酌聊天。

我半夜起床，總會聞到門縫裡透出來的白酒的香味，
所以酒裡頭我老覺得白酒是最香的。

酒於我，從來不是物質的東西，覺得它是跟隨著氛圍的，
酒的香味陰陰的，冷冷的，寒涼，與菸味兩回事，
要透過人體揮發出來，
所以杯中的酒總是沒有口邊的酒香。

成年以後第一次喝酒是十八歲，完全不知道厲害，
跟人喝了四瓶高粱，一路唱歌回家。第二天才發現很慘。
這之後就知道自己的量在哪裡，其實很少喝醉。

我向來喝酒都很開心的，不過這次跟男朋友分手，
把喝酒搞成了這樣痛苦的一件事，
眞是有點……有點可惜，
因爲還是滿喜歡酒的香味，也喜歡喝到很舒服的時候，
覺得整個世界到處都好，聽音樂和做愛都特別美妙。

32. 星期天

今天是星期天。

今天好奇怪。
寫了上面六個字之後，就發生了一大堆事。
有人打電話來。是北京的朋友。
然後放下電話，劇組來人，
來給我送藥。
啊忘了說，昨天鬧牙疼，大約是暖氣太暖了。
順便談了下進度。

我不太會記人名，
給我送藥的是執行製作，

我已經問過好幾次他叫什麼名字，可是一轉身就忘了，
光聽聲音我記不住，要看到字形寫在紙上才行。
有一本書說女人左大腦比較發達，男人右大腦比較發達。
左大腦是管語言，邏輯，分析，計算與細節，
右大腦是管視覺，圖像，創造力和直覺。
我大概右大腦比較發達吧，好像是靠感官來記憶的。
一定要看到圖像，筆畫，線條。
我其實不那麼女性化。

這執行製作長一張很委屈的臉，
可以完完全全看到他在這職務上遭受的磨難，
長得濃眉大眼，年紀也很輕，帶著一種很抱歉的神情，
輕輕的說：「不行，眞的不行，編劇，你知道，你出不到那個量我們沒法拍。」
我想像他時常用這神情跟不同的人說：
「不行！不行！」
就不知道他跟人說行的時候是什麼樣子。

後來就跑出去吃飯。

北京還是很冷。跟導演一起坐劇組的車出去吃茶餐廳。

導演是香港人，感覺上每次跟他吃飯都在不同的茶餐廳。

茶餐廳是香港的產物。

吃完了他要跟武術指導談事情，我就自己走路回來。

一直很喜歡走路。我沒有散步習慣，不過有機會在路上慢慢走的時候，

總是很開心，因爲可以邊走邊亂看。

而且也喜歡腳掌跟地面接觸的感覺。

我有個學舞的女朋友，人美得不得了，但是那雙腳不能看，

因爲她都赤著腳走路。

二十出頭加入現代舞團之後，她就一直光腳走路，

冬天也一樣，她的腳底下生出厚厚一層硬皮，

像《魔戒》裡哈比人的腳。

這是她自己說的，有一次一塊聊天，

她把兩腳併在一塊舉得高高的，

說：「這是哈比人的腳。」

然後長髮一甩，哈哈大笑。
就喜歡她那種自信的態度。
想到那雙腳是踩著不同的泥土不同的地面，
走到今天的，
想到那雙腳是觸撫了土地與道路的祕密的，
就覺得那樣的腳很美，美而且有力量。

星期天，街上很多人。
我買了幾串冰糖葫蘆拿在手上，純粹是爲了這東西的地方性，
並不想吃，再說還在牙疼呢，
回房之後就插在瓶子裡。
對著窗戶外頭的陽光，幾乎也像一幅畫了。

33. 重新活一次

老人家今年96歲。

他一直身輕體健，耳朵雖有點背，該聽的話總是聽得見。

他開始說謊是近幾個月的事。

這幾年我都在上海和北京，跟他見面的時間很少。

年前回去看他。他正在剪報。

這是他這幾年來主要的工作和消遣。

他的剪報做得非常漂亮，一絲不苟，跟出版社裡美編用麥金塔做出來的不遑多讓。

已做出了三十多本。哪一天他掛了，

這就是他留在人世裡的唯有痕跡：別人的圖片，別人的文章，別人的話語。

那天去看他。他還是很清楚。

老年人不知爲什麼，越老越像是某種動物，

他變得有點像一隻火雞。鬆垂的肉掛在脖子上，

手和腳都小小的，時常是拳縮狀態，非常類似爪子。

頭顱也非常小。原本也是個高大的漢子，

一年年老去之後，他變得越來越小。好像歲月在替他進行縮水的過程。

總之老先生見到我，埋怨了一些生活瑣事的種種之後，開始說他從前的事。

他告訴我他年輕時蔣介石召見他，而蔣經國與他平起平坐，被老總統徵詢意見的事。

「老總統要我坐下，我不敢坐，我說，不成，委員長，我站著說話就好。」

他稱蔣介石委員長，所以說的是抗戰時期。估計那時他三十來歲。

「委員長說：你聽話，要商量事情，站久了不成。我這才坐下，跟經國先生坐在一起，

我坐右邊，他坐左邊。」

說實話，我倒不覺得他是在說謊，雖然這分明是不可能的事。

我覺得他在夢中。

可能很早的時候，可能幾年前，他便已進入了這個夢中。

在夢裡，他用他自己要的方式活著。

我常常覺得人年紀大了不知道還有什麼用。

覺得長壽是一種多餘。

但是在這位長輩身上，我看到長壽者可以做什麼。

他們可以作夢。重新建構他們的一生。重新活一遍，用他們所喜歡的方式。

34. 年輕的時候

十四五歲的時候，
愛情小說看了很多，但是愛情來到身邊的時候，
卻完全茫然無知。

有一個人，每個禮拜都到家裡來看她。
是父親朋友的兒子。正在台中當兵。
他來的時候，做母親的就來敲她的房門說：
「某某來看你了。」
母親的意思是要她出去招呼他。
她因之很厭煩，因為不明白為什麼要讓她去招呼他。
而且她覺得跟他沒話講。

他多半下午一點左右才到，待到五點左右離開。
之所以這樣，後來知道他是要趕著回營報到。
每個禮拜天，下午，她在房間裡看書或者做功課，
時間差不多的時候，母親就會推開門說：
某某來看你了，出來招呼他。
就像某種固定的刑罰一樣。

她只好出去，看見某某穿著綠色軍服，手上抓著軍帽站著。
他們在客廳裡坐著，沒有別人。母親離開了。
日午，屋外頭蟬鳴吱吱很響，屋子裡電風扇呼呼搖來搖去，
昏昏日午，四下一片安靜，所有人都去睡午覺了，只除了她和他。
想不起要跟他說什麼，只好呆坐著，看紗窗上的樹影。
他則捏著他的帽子坐在對面沙發裡。

他沉默寡言，兩人沒談什麼，至少沒談什麼讓她印象深刻的話。
唯一的感覺是時日漫長到難以忍受。
後來她就不理他了，母親叫她出去陪他的時候，

她讓他一個人坐在沙發裡，自己回房間去。
他也就沉默的坐著，一語不發。
等到母親發現她慢待客人，把她又喊出去，
她就帶著小說出去，自己靠在沙發上看書，
還是不理他。
他那時就坐在對面，低著頭，時不時抬頭看女孩一眼，
抓著帽子在手中慢慢旋轉。
從一點坐到五點，然後起身離開。

有一年左右，每到禮拜天他就會過來。
這件事成爲常態之後，他就變成了彷彿靜物的東西。
逐漸讓人視而不見。

有一天她坐在沙發上看書，
那時候的書皮會貼一層塑膠薄膜，很容易撕。
她喜歡撕那層薄膜，撕下來之後，封面會像褪了色一樣，
變得有點陳舊，她喜歡那種感覺，她把每本書的塑膠膜都撕了。

那天他說：「你這麼喜歡撕書皮，將來我買很多書來讓你撕。」

跟他的相處裡，就只有這句話記著。

最後見面的那一天，他邀女孩去看電影。

然後在電影院試圖吻她。

然而女孩把他推開跑掉了。

他自此沒有再出現。

前些時母親與女兒聊天，母親提到一些舊事，說到了他的名字。

三年前他死了，因爲胃癌。

在母親的記憶裡，她與他，是完完整整的一段愛情故事。

母親對女兒說：「他很喜歡你，整整追了你一年。」

母親很明白他到家裡來是爲什麼。

當年女兒不知道的，母親都知道

當年女兒沒有看見的，母親都看見

多麼微妙和奇特呀，這個人醞釀了這麼久要去愛，
但是愛不得時，他的對象非但一無所覺，
到現在，連他的長相都不記得。

那一整年，每個禮拜天，
那男人坐四小時的火車到台北來，
然後又坐四小時的火車回台中去。
在這段漫長的旅途裡，年輕的他，
到底是什麼心情？
到底在想著什麼呢？

想著他的對象嗎？
然而那女孩從未進入他的生命裡，
他也從未進入她的生命裡。

這整個故事，讓我
只覺得恍惚與惘然。

35. 默默喜歡

我也曾經默默喜歡過某個人。

其實現在想來，這種事還經常發生。
爲什麼忽然就被某個人吸引，之後，沒來由的，
整個心向他傾斜過去，
把自己生命的某一段，
悄悄的奉獻給他，
不想告訴他，也無意讓其他人知道。
就這樣，把自己的愛當成祕密，
成爲只有自己收藏的珍寶。

這件事是永遠的神祕，我永遠也不明白。

我自己是不易動情的體質，
但是身邊有個朋友是幾乎人盡可夫的，
她開自己玩笑說自己每天都會戀愛一次，
早晨上班，在地鐵站等車，
就戀愛了。

那個人，也許在別人眼中是不起眼的吧。
也許太老，也許太矮，也許太胖，也許太瘦，
也許太潦倒，也許太拘謹，
但是，她在他們身上看到了一些什麼，
於是就愛了。
她說：
當你願意去愛的時候，每個男人都有他獨有的魅力。

她會在上車之後，擠到他身邊去。
尖峰時刻的地鐵，會將她與她的愛推擠得非常接近，

中間沒有一絲縫隙，她可以靠在那男人胸前，
而那男人並不察覺。
她低垂著臉站著，假想自己在千軍萬馬中，
被自己所挑選的騎士護衛，
而她清晨洗過的帶著花香的髮絲氣味，會婉轉幽微的送到
她愛人的臉上去，
那些鑽進男人鼻孔的氣味顆粒，
便是她的印記，她的情書與話語。

兩人在地鐵的旅程裡互屬了短短的十幾分鐘，
之後，下車。
這一整天，她都在戀愛裡，
想像著那個人與自己一樣在桌子與桌子間走來走去，
在茶水間泡茶，或咖啡。
與同事聊天，開電腦工作，拿著手機撥號或傳訊，
想像著那個人被自己愛著而不自知，
就非常快樂。

在荒漠的人世裡，把自己的愛像蝴蝶一樣送出去，
每天愛一次，之後便忘記。

這是她的方式。在地鐵裡，有無數男人在不自覺的情況下，
成為她的守護天使。

我覺得這件事很美。
也許，也許哪一天，
我也會去挑選我自己的守護天使。

36. 呼吸

我不太明白自己爲什麼每次聽刀郎的歌，都覺得心特別柔軟。
他的聲音是微微帶點沙啞，完全不是美聲。
有點土，有點野，
讓人想像一個不大會唱歌的男人，直起嗓子來喊著的時候，
應該就是這種聲音。
他的歌之所以動人，是因爲他表達的方式，
也因爲那些詞，很簡單，全無虛飾，
對於自己的擁有和失去，
自己的錯誤，愛或不能愛，他用很乾脆簡單的方式表達，
因爲覺得都是實話，所以都動人了。
我總覺得簡單是最動人的方式。

唯其簡單，所以可以細膩到無與倫比。

今天在想，
要是有一天，可以躺在你的身邊，
那我絕對不要睡著，

我要在黑暗裡，
傾聽你的呼吸。
感覺自己的身體貼著你的溫度；
用兩手環抱你，
聞著你身上或香或臭的體味，
感覺和你成了連體嬰，
緊緊的貼住，不分離。
皮膚和皮膚都黏在一塊了，
大腿和手腳也纏在一起。

說不定也會做點什麼吧，

高潮的感覺，
就像沉入海底。
兩個人緊緊抱著，
一起沒頂。
什麼都飄著，緩緩的，浮起來，一切都很靜。
會想睡著，又覺得很幸福。
一定像美好的死亡。

37. 澡堂的拖鞋

「澡堂拖鞋」理論是一個小朋友告訴我的。
來源是日本漫畫家湯尼嶽崎的漫畫《岸和田博士科學的愛情》。

這理論是純粹日本風的。
日本人有泡湯的習慣，在進大眾澡堂之前，
客人們會先把拖鞋脫在門口。
因爲日本木屐模樣都差不多，所以，
當一個客人出來穿他的拖鞋，發現另一隻找不到的時候，
他會隨便挑了別人的一隻拖鞋，穿上走掉。

假設這隻拖鞋是某甲的好了，
某甲洗完澡出來，發現自己的拖鞋少了一隻，

他大概也會隨便穿上別人——就假設是乙好了——的拖鞋走掉。
而乙出來之後，對於自己缺了一隻的拖鞋，
想必也會如法炮製吧，結果……

這程式整個 round 完的時候，所有人的拖鞋都換了對，
而澡堂裡依然會剩下一雙拖鞋，那是澡堂老闆的。

這理論據說是講平行世界推移的，但是我卻覺得很可以拿它來形容男女感情。

一個第三者總是會製造出另一個第三者。
自從我的「拖鞋」讓別人穿走之後，
我發現，所有的拖鞋都是成對的，
也不是沒碰到單隻的拖鞋，
但是到了最後，總會發現，那隻拖鞋旁邊其實還有另一隻拖鞋。
從前認識一個畫家朋友，他的妻是法國人。
他一直有女朋友，那法國妻子安然接受這件事，

好像他的出軌或外遇是婚姻生活之必然。

他的妻跟他一樣是畫家，沒有他那樣出名。

她的畫是不可思議的，她只畫色塊，幾乎一面牆那樣大的畫作，簡單老實的藍色，平塗的，沒有層次也沒有陰影，龐大的，純粹的藍色，畫的名字就叫做「藍」。

她也畫「綠」，以及「紅」，以及「Brown」，以及「Cyan」。

跟「藍」一樣，平塗，就像印刷出來的，完整的，看不出筆觸的，平滑的色塊。

聽說，要畫成這樣，其實要很高的功力，所以她比她的丈夫畫技要好。

這法國女人很美。我總覺得她經營她的畫跟經營婚姻很像，把一切的刺目或不協調都以平塗法掩蓋。

後來她得了絕症，死了。

一般的看法，會覺得做丈夫的這下可以如魚得水了，前面有個妻子，外遇或者出軌，總是多少得有點顧忌吧，沒有妻子不是會方便許多?
但是我的朋友很快再婚了,
之後,把新婚妻子放在家裡,繼續外遇和出軌。

有一次我問他何苦要結婚,他沉思了半晌,給了我極爲智慧的回答。
他說:是妻子使得情婦更爲有趣,如果沒有妻子,
他也就不需要情婦了。

反推回澡堂拖鞋這件事上,
我猜想,單身者的無趣可能就因爲他們沒有什麼可以失去吧。

38. 美麗愛情故事（一）

我知道兩個眞正美麗的愛情故事，
可是，說實話，
表面上看起來，完全不是那麼回事。

一個是發生在我的朋友小葉身上的。
另一個，是我的愛說黃笑話的男朋友「Blue」告訴我的。

要講這兩個故事，就得把時空推移到三十年前，
現在想來，二十世紀的七十和八十年代，實在是有趣的年代。
有部叫《光陰的故事》的劇本，一開頭就寫：
「那是喇叭褲，迷你裙，崔姬和披頭四的年代。
那是男孩子留長髮，女孩子留短髮的年代，

那是留聲機與收音機，群星會與五燈獎的年代。」

要繼續下去，可以寫很長很長的一串，關於那個年代。

不過爲了讓聽故事的你們快點進入情況，

簡單的說吧，那就是《阿甘正傳》裡的年代。

那個年代，男女之間的陌生情況是現在七年級八年級的同學很難想像的。

我們的愛情故事裡，男女主角只要接了吻就算終身已定。

電影裡的初夜和激情場面，往往是以火車隆隆開進隧道，或者雨水灑在花朵上的蒙太奇帶過。

從來沒有人談脖子以下的部位，以及下半身會做的一些事情。

但是脖子以下的軀體是存在的，儘管在那個年代，

很多人都假裝它不存在。

小葉有腎臟病。她的排泄系統從小學四年級開始就有問題。

住過院治療，之後，除了跑廁所跑得比一般孩子要多些之外，一切不成問題。

小葉十五歲的時候第一次約會。

對方是小葉的姊姊的男朋友的朋友。

當年女孩子有了男朋友，出門約會的時候都必須奉命帶上小跟班，父母親們好像以爲這樣就可以防止不當戀愛帶來的一切後果。但是戀人們也自有破解之道，那就是幫跟班也找個男朋友。

小葉與她的約會對象第一次見面的時候，雙方都是絕對的陌生人。

那男孩明白他是負責什麼任務的，姊姊的男友介紹完之後，他就帶小葉離開了。

男人年紀要大些，或許是老練的吧，也有點厭煩。

他帶著小葉到公園裡去，兩人坐在行道椅上有一搭沒一搭的講話。他看也不要看小葉一眼。當然他的任務就是把這個討厭的小鬼羈留在身邊，一直到那一對情侶約完會過來會合爲止。

兩個人年紀和經歷都有差距，想不出話題來講，他就買飲料給小葉喝，兩人呆呆的邊喝飲料邊看遊公園的行人們經過。

小葉自己呢，非常緊張。到底她是畢生頭一遭這樣接近一個男人，而且，「約會」這兩個字，似乎有某種神祕魔力，彷彿預示著日後的甜蜜愛情，她不大敢看那個男人，只用眼角餘光快速的掃了一下，並且很欣慰於對方相貌並不難看。她默默坐著，低聲回答對方的問話，同時慢慢喝著飲料，幻想著兩人坐在公園裡，一定像廣告畫片上一樣美麗吧。而就在這時候，她感覺不對了。

前面說過小葉腎臟不好，這時候，她的腎臟開始向她要求某件事。如果她只有一個人，那很好處理，但是現在，這是她的第一次約會啊，而且，那個可能的白馬王子就坐在身旁，小葉於是做了我們那個年代多數女孩都會做的事，就是忍著。她不動聲色的坐著，一句話也不說。

坐了不知多久，天色晚了。那對情侶遲到了。男孩覺得他等夠了，他看看錶，決定帶小葉離開，他起身說：「我們走吧。」

小葉沒有動。

男孩又說：「我們不要等了，我送你回去吧。」
小葉還是坐著。
男孩決定主動一點，他伸手把小葉從椅子上拉起來。
當小葉離開了座椅之後，她就像裙底有一團熱帶風暴一樣，開始落雨。

滂沱大水毫不掩飾的落了下來，灑在小葉的腿上腳上，還有地上。

小葉開始哭，這時候如果有輛車經過，她絕對會很樂意的衝過去一頭撞死。
她開始哭的時候，那男孩拍拍她的頭說：
「不要哭啊，有什麼好哭的。」
十五歲的小葉這時身量還沒長足，跟對方差個三十公分吧。
男孩把手帕遞給她，牽著她的手，又坐回椅子上。
男孩問了一些問題，小葉抽抽答答的邊擦鼻涕邊告訴他。
後來男孩就離開了。
他回來的時候，帶著小葉告訴他的那些尺寸的衣服。

兩人坐到天黑。

之後他牽著小葉，到公共廁所，讓小葉把身上的濕衣服換了。

等到小葉又長高了四公分之後，兩個人開始戀愛。

現在他們是我們朋友中感情最好的夫妻。任何事都形影不離。

從第一次約會之後，兩人身邊從來沒有過別人，

心裡也沒有。

39. 美麗愛情故事（二）

第二個故事，就比較不那麼純情了，
而且，主要情節與下半身有關。

先跟大家介紹 Blue。
Blue 是雙子座男人。關於雙子座，坊間星座書上的許多說法裡，
好像從來沒提到過他們對於女性們的責任心。

所有的雙子座男人，基本上都有個小小心願，
就是要讓全世界的女人快樂。
對自己這責任的重視程度，與他們命盤上雙子星座的比重有關。
Blue 就是個非常雙子的雙子。
這意思是，所有雙子的特性，在他身上都要加倍呈現。

Blue 非常之…… Blue。

他沒有一刻不想著性，他說話裡如果竟然沒有任何與性或排泄有關的字眼，那我們肯定會認爲他是被外星人抓去換過腦袋了。

在前面提到的那個時代，性是極端禁忌的字眼，Blue 這狀態，與其說是他的癖好，不如說是他叛逆心的顯現。

他除了那張嘴，行爲也一樣百無禁忌。

當時是覺得他非常的大膽放肆，但是現在回想，那其中似乎有某種純眞的成分，

他對性這件事的嘻笑怒罵，也許比我們的壓抑和謹愼要更健康更自然吧。

那時候 Blue 住在一棟老公寓裡。

房東是一對退休的老夫婦，Blue 向他們分租一間臥室，共用客廳和廚房。

老夫婦有個女兒，三十來歲，因爲眼睛是瞎的，成天待在家裡。

芥川龍之介曾經說過：瞎子是佛之臉，而啞巴多半聒噪，如果要選擇身體上的缺陷，他寧願做瞎子。

瞎子因爲看不見，多半低垂雙目，微微側著臉傾聽外界，
那的確是觀聞世音之臉。

房東的女兒，很美。
她的美不是一般所以爲的眼睛大鼻子高嘴巴小的那種。
她是非常純淨，一塵不染的，素潔到極點的美。
因爲眼睛瞎了，她幾乎沒有離開過這個家，從來沒曬過太陽，
她的皮膚非常白，膩脂一般，身材修長，生得很勻稱。
但是瞎子的美對她自己是沒有意義的，
她看不見自己，也看不到別人的反應，
她不懂得美可以產生的力量，所以從來不使用它。

她似乎活在寧靜的世界中。我們到 Blue 那裡去的時候，
多半開著房門聊天，一邊默默看著坐在客廳裡打毛線衣的房東女兒。
她總是微微抬著臉，向日葵一般，似乎本能的，朝著有光的方向。
光線照射下的她的臉，瓷一般的透明，而眉目是白瓷上的隱隱的光影。

我們的朋友黃，時常是那個看著她發呆，以至於失神的人。

黃是非常老實害羞的男人。他長著方方的臉，話不多，與Blue是所謂的鐵哥兒們，他只要到台北來，一定會到Blue這裡來，晚上就睡在他這裡。

黃不愛說話，眾人聚會聊天的時候，他話就少，一個人的時候就更不必說了。房東女兒分辨出我們每個人的聲音，叫得出我們的外號或名字，但是她不認識黃，沉默的黃就在她面前她也不知道他，因爲他不說話。對她來說，世界上是沒有黃這個人存在的吧。

但是後來，她還是認識了這個男人，用一種極其怪異的方式，而這，是Blue造成的。

那天屋子裡停電。

來找Blue的黃正在浴室裡洗澡。

室內剎時全黑的時候，Blue立刻在屋子裡大聲慘叫。

他摸著黑去找蠟燭，找到了蠟燭又找火柴，正忙得不亦樂乎，聽到房東女兒的聲音在問：「怎麼啦？」

Blue 說停電了。房東女兒就說：「沒關係，我來帶你。」

對瞎子，停電並不構成障礙，她穿越黑暗走進 Blue 的房間，就像那時候是白天。

這時候 Blue 已經點上了蠟燭，他看到黃正好光著身子進來，黃洗過澡之後，因爲停電，找不到衣服，索性赤條條的回房裡來了。

蠟燭的光暈在屋裡朦朦籠罩著，而黃此時與他癡戀的女孩非常靠近，Blue 清晰的看見，因著某種情愫，黃的小弟弟開始抬起頭來，並且壯大。

這時無知的瞎子伸著手問：「你在哪裡，我來帶你。」

Blue 隨即把黃往瞎女孩的方向一推，說：「我在這裡。」

於是女孩便握住了黃最珍貴的部位。

這瞎女孩是非常純潔的，她不識字，而且沒有人會教導她這一類的事。

我猜想她完全不知道男人身上會長著這樣物事。

她非常自然的握著，拉著黃要向前走，而黃漲紅著臉，退不行，前進又不行。

由於尷尬，他就像剛才突然的壯大一般，迅速的又消退了。

消退之後，它便從瞎女孩的手掌中溜掉了。

女孩臉上那副困惑以及迷惘的神情，讓 Blue 講了很長一段時間，一直到黃娶了這瞎女孩為止。

當然，這故事由 Blue 口中出來的版本，絕對與我的敘述不同。Blue 的故事比較誇張，卡通化，著重在黃的生理反應和瞎女孩最後的表情上。但是我想，Blue 從未理解他這個惡作劇有多麼美麗，他開啓了瞎女孩的人生，也開啓了黃的心。

40. 不美麗愛情故事

兩個人第一次見面時，她正要結婚。

她嫁給他最好的朋友大洋。

因爲家裡頭反對，所以她和大洋是到法院公證處結的婚。

大洋要他趕去做證人。在公證處，他見到大洋和他的新娘。

戀愛階段，大洋成天談論她，可是從來不讓兩人見面。

這謎底到大洋結婚時才揭曉。

不能說她很美。她長得瘦瘦小小，皮膚黑。小眼睛，一撚豆似的小鼻子，薄嘴唇。

穿著簡單的白色洋裝，白鞋子。一身白，尤其顯著皮膚黑。

她不說話，沉靜，害羞。一見到他就臉紅起來。

然後就垂下眼，兩手緊緊抓住大洋的胳膊。

她整個狀態，不像是個完整的人，像是攀附大洋的一株植物或是小動物什麼的。
他後來就知道她那種柔弱和依附不是因爲脆弱，是因爲愛。

整個婚禮中，她就只掃了他那一眼，就開始全神貫注的注意大洋。
她那種全心全意與神魂顛倒，瞎子都可以看得出來。
無論站在哪個位置，她總是在看大洋。她不然伸手去勾著他，不然去拉著他一方衣角。
再不然用腳尖輕輕去碰觸大洋的鞋身。只要大洋轉頭看她，她立刻整張臉亮了起來。
任何一個男人被這樣愛著的時候，都要把它像祕密一樣的珍藏起來吧。
他明白大洋從來不讓兩人見面的原因了。
大洋不願意她被搶走。

他們結婚之後，他時常到大洋家裡去。
帶著不同的女友，每一個對象都說是自己的未婚妻。
每一個未婚妻都比她出色比她漂亮。
但是只要離開大洋的家，他發現自己的第一個念頭總是想把女友換了。
再出色漂亮的女友都比不上她。
他覺得她們都不夠愛自己，沒有人像她愛大洋那樣的愛自己。

這感覺讓他開始覺得自己的戀情乏味。

後來他就不再帶女朋友去了。

他單獨到大洋家去。週末假日便無賴的一耗兩個整天。跟這對夫妻一起吃一起喝，晚上打撲克，喝小酒。一起看電視，又跟著一起出門看電影，逛百貨公司。

每次看到她在人群裡搜尋大洋的身影，而丈夫的視線找過來，那個小女人雙眼陡然發亮的神情時，他老覺得心口刺痛了一下。不明白大洋何德何能，可以有這樣愛他的一個女人。

他留下來過夜的晚上，睡在客廳沙發上的時候，總忍不住傾聽他們房裡的聲音。

他們的房間裡悄沒聲息，並沒有想像中的床鋪嘎吱嘎吱作響或隱忍的呼吸與喘息聲。

但是這就更難忍受了，如果大洋不是在床上征服了她，那他是如何讓這女人死心塌地的愛他的？

說實話，那件事並不是他要它發生的……

不，說實話他就是希望它發生，也許在一旁守候這麼久，就是在等待這件事吧。

禮拜六的夜晚，三個人到 pub 去喝酒。

pub 裡總是昏昏的，充滿煙與霧，音樂流淌不斷，貫穿每個人的腦子。

三個人坐在吧檯前，順序是他，大洋，她。

回想起來，他從來沒有和她坐在一起過。

無論做什麼，大洋總是夾在她和他中間。

後來他就轉到別處去跟熟人哈拉，向那些半生不熟的女客調情。

她和大洋就坐在他身後。

他簡直像背後長了眼睛，清清楚楚看見她向著大洋微笑的樣子。

而他也非常肯定大洋只不過說了一個超冷的笑話而已。

後來他就喝醉了。

跑去上廁所的時候，正碰到她走出來。

他把那女人抵在牆角，緊緊挨著她的額頭對她說：「你快把我逼瘋了。」

這台詞對所有女人都有效，但是他沒想到她的反應會那樣劇烈。

她立時滿臉通紅，然後，

他聽見她的心跳。

也許是他自己的吧，總之，那麼明顯的心跳，蓋過pub裡的酒聲笑語，蓋過音樂，

他看了她半天，女人只管低著頭。

所以他就把她推進廁所去了。

兩人出來的時候，他感覺她扯著他的衣角，

背脊梁感覺著她熾熱的視線，

這女人的愛已然轉向。

他原本是爲了她對丈夫的堅貞而愛她，

她要是永遠不變節，他會愛她一輩子。

可是現在……

現在他覺得一切都糟透了。

41. 星期六

我實在不喜歡星期六。
說實話是連星期天也不喜歡。

我不喜歡所有的假日，假日總讓我覺得很寂寞。
有種被拋棄的感覺。

假日，對我來說最糟糕就是所有人都在睡覺。
所有人都在假日裡要睡到自然醒，
到處都沒人，
可恨。

我許多年來都是白天睡覺晚上工作的。

會這樣，其實有個原因。
我怕鬼。
我都這年紀了，說不定很快就會與鬼爲伍了，
但是還會怕鬼，自己也覺得很可笑，
但就是怕呀。
說不上來。

我就是害怕在晚上睡著。
我睡覺時一定要開大大的燈，
我房間裡總是超明亮，
到了任何地方我都先把燈泡換成兩百燭光的，
所以你知道了，
我到任何地方一定會先去買燈泡，
好把旅館裡的燈泡換掉。

喜歡白天睡覺，覺得全世界都醒著，
都在看守著我，會覺得很平安，

什麼都不怕了。
在整個世界的照顧下睡著。
這麼多年來都是這樣幸福的
睡著了。

42. 紀念日

S，這是寫給你的。

我時常會把電腦裡存著的，你的照片叫出來看。
最喜歡的，你知道的，還是你坐在桌子前面，
有人端著盤子擋在你身前，的那張。

相片裡的你向前看著，嘴略張，
好像話正說到一半，
我看著的時候，就總是在想，
S究竟正在說什麼呢。

其實照片裡的你，看上去並不是很開心，

我覺得你顯得疲憊，
拍照的時候好像是夜晚，
也許，那時候，一整天的重量都壓在你身上。
你也許在想著：快點把飯吃完，就可以回去休息了。

然而你又向前看著，有點猶疑，卻又在尋找什麼似的向前看著。
你這照片是我們還不認識以前照的，
而現在我坐在電腦前，
與你隔著時空對望。
我看的是過去的你，
而你看著現在的我。

很奇妙的感覺，
會忍不住想，
S在那時拍這照片的時候，
一定不會想到會在幾個月後看著我吧。
一定不會想到，他那時的目光，

竟是穿越了時間，也穿越了距離，
落在時間之外和空間之外的我的身上。

爲什麼特別喜歡這一張？
其實就是喜歡你那好像在尋找什麼的眼神，
我於是就告訴自己，
我們的開始，
其實是在開始之前便已開始，
在你知道有我這個人之前，
也在我知道世界上有你之前。

43. 咖啡歌

最近在聽 Diana Krall。
她的聲音不像諾拉．瓊斯那麼完美平滑，
事實上有時候有點破音和走音，
但是我就頂喜歡她不完美的部分。
好像比較有人味。

她有個 MTV，是〈The Look of Love〉。
兩個工人在街道上貼壁紙，
壁紙貼上去之後便顯現出正在唱〈The Look of Love〉的臉。
她不算美女，金髮，瞇著眼，不像厭煩，
比較像眼前有煙飄過，於是略略揚著臉，
看著眼前飄過的什麼，

注意力既不在你身上，也不在歌的身上。

她有一副隨時要離去的表情，對於自己在做的事完全不感興趣。
心不在焉的唱著，東看看西看看。
對她來說那不是唱歌，只是有旋律的說話吧。

說完了她就要走。

有朋友寄來了她唱的〈Cry Me a River〉，
一般都把這首歌翻成「淚流成河」，
但是朋友說他寄給我的歌是「哭成一條河」，
他說：萬一，萬一哪天我想哭的時候，可以聽這首。

後來就找了她的歌來聽。
一邊喝咖啡，一邊聽。
Diana Krall不是在唱歌，只是在你身邊說話。
那是好朋友的談話，你可以聽可以不聽。

她似乎也不在乎，
只是有一搭沒一搭的，
隨性到極點。

Now you say you're lonely
You cried the long night through
Well, you can cry me a river
Cry me a river
I cried a river over you

Now you say you're sorry
For being so untrue
Well, you can cry me a river
Cry me a river
I cried a river over you

她唱著唱著會忽然落幾拍，

好像忽然遲疑，
不想繼續下去了，

但是因爲無事可做，
於是就還是唱完了它。

聽著她的歌喝咖啡，
覺得日午漫長而美妙。
而所有的快樂和煩惱都在遠方，
是遙遠和細小的夢影，
既不使我歡笑，也不會讓我哭泣。

You drove me, nearly drove me,
Out of my head
While you never shed a tear
Remember, I remember all that you said

Told me love was too plebeian
Told me you were through with me

And now you say you love me
Well, just to prove you do
Come on and cry me a river
Cry me a river
I cried a river over you
I cried a river over you
I cried a river... over you...

44. 走在黑暗中

我好像老是在出賣朋友。現在又要說一個老朋友的故事。

這位女朋友很有意思。是心直口快的人。
很會算命，見到人馬上要生辰，回去就給你寄解說來。
她住在國外，但是電子郵件無遠弗屆，
所以完全不影響她在心血來潮的時候給你發 e-mail，
警告你快要遇到爛桃花了。

對於爛桃花，她的八字警語是「努力做愛，好好享受」。

這樣一個粗枝大葉，爽朗無忌的人，
結果愛上了一個截然相反的對象。

第一次見面她就知道那男人是同性戀者。
男人長得細細緻緻，無色無味，很清潔的男人。
他是雕刻家，做那種幾噸重的金屬雕刻。
因爲身上很多在銲合金屬片時不小心灼到的燙傷，
他總是穿著長袖襯衫，把軀體的大部分遮住。
他身材苗條修長，乍看時沒人會猜到衣服下面是結實美麗的軀體。

我的女朋友把他的八字排出來一看，立刻說：
「啊，你是同性戀者。」
那男人的臉孔隨即脹得通紅。
他還沒出櫃，並且沒有任何人知道這件事。

人與人之間，有時候，因爲錯誤而產生的連結會比正確的更強。
因爲傷害產生的連結，會比和諧共鳴產生的更強。
我的女友知道她的魯莽傷害了這個人，
就在那個時候，我猜想，

在天上掌管情緣的某個神祇，一定面露奇妙的微笑，
把這兩個人的紅線，結在了一塊。

之後兩個人就展開了一段你追我跑的過程。
她總是忍不住要去找他，給他帶吃的帶喝的，
像母親一樣的照顧他，
守在一旁看著他處理他的作品，
等他灼傷了，就去替他敷藥包紮。
她總是說：「我知道你是同性戀，放心，我沒追你啦。
我只是你的朋友。」

她對別人，也對自己這麼說。
對那男人也這樣說，
但是，兩個人都清楚明白，
不是這麼回事。

男人最初是有點不習慣的，被動的接受她，

之後就開始抗拒了。
她去找他的時候，他常常站在窗口，
讓她知道他在，但是不開門。
但是她依舊時不時跑到他家去，站在門外，看著窗口，
一邊感覺無望，一邊卻又帶著些微的僥倖心態，
去按他的門鈴。

有一天她又去他家，按了門鈴，
門隨即開了。
應門的是一個有希臘雕像體格的金髮男子，
腰間圍著浴巾。
而他身後，門戶大開的房間裡，
她的雕刻家坐在沙發上，全裸，
這是第一次她看見他漂亮的身體，
但卻是在宣示，
他永遠不會屬於任何一個女人。

那天她花了六小時，在大紐約的棋盤街道上行走，
覺得無處可去。
後來她終於想通了。
這是雕刻家第一次公開了他的性向，
而公開的對象是她，
她畢竟，於他，還是特別的。

這件事因之又恢復到原狀，
什麼也沒改變。她繼續去找他，
照顧他，和那個金頭髮的希臘雕像。
直到有一天去他住處的時候，發現雕刻家已經搬走了。

因爲她是重視友情的人，她總是對所有人這麼說，
所以她開始到處打聽他。
哦我忘了提，我的女朋友是記者，
總之那不是難事。
無論他到了哪裡，她最終總是可以得到他的消息。

而爲了友情，她找到他之後，便又繼續去照顧他。
而男人對應的方式便是不久又搬走。

兩人這段你追我跑的關係持續了五年之久。
她從東岸追到西岸，從美國追到加拿大，
又從加拿大回到紐約。
她總是說：「誰叫他是我的朋友。」
之後，男人又失蹤了。

年初，我的女朋友回國與家人一起過春節。
約了喝咖啡，她說她還在打聽雕刻家的消息。
雕刻家已經失蹤兩年了，
熟人之間傳言他已經死於愛滋病，
但是我的女友從來不相信這回事，她只覺得他還在躲她。

她從來沒有告訴他，她愛他，
也從來沒有告訴自己。

她到現在還在到處找他，
就像走在一條永遠不會天亮的路上。

45. 以愛情為行業

我以前曾聽一位出版界大老說過：
「愛情是最大的生意。」
他以瓊瑤爲例，證明愛情比任何其他類型，
都更容易創造利潤。

我那時年輕，相信了這一件事，
自此以愛情爲行業，
決心要靠它發大財。

從那時候，
就一直在處理跟愛情有關的題材，
只寫跟愛情有關的小說，
跟愛情有關的戲劇，

跟愛情有關的歌曲。
非愛情不寫。

幾年下來，有了後遺症。
好像除了這件事不知道其他的。
無論生活或心態都是。
工作和人生交雜在一塊，
在創作中愛得死去活來，在生活中也是，
忽忽過了那麼多年，
除了愛和被愛，沒學到別的事。

早上看了一位網友的日記，
靜靜的一邊聽著音樂一邊全部看完，
雖然很有幾篇眞的是令人動容，
可是我決定一個字的回應也不給，
決心不要去
驚擾了人家。

我喜歡那樣扎扎實實的生活，
工作，朋友，家庭，音樂，電動遊戲……
貌似平淡，但是深刻和沉穩。

自己大約是把愛情當成了習慣吧，
遇到了喜歡和欣賞的人或事物，
不五體投地的去生死以之，
好像不叫做人生。
對於我，就只有愛和不愛，
沒有中間地帶。
愛了就奔過去，
不愛就離開。

但是在這位鄰居身上，
我看到了愛與不愛之間的另一種人生形態。
看到獨自一個人，也可以歡喜飽滿的活著，

活得很愉快。

學到了另外一種愛，
只要默默站在一旁，
愛了不用奔過去，
不愛了也不用離開。

46. 寂寞雅虎通

Dian跟我通雅虎通很久了，
我總是半夜工作，
他也是，所以老是半夜上線，
叮咚一聲以後就說：
「去尿尿」。
我就會回他一串「噓～～」，
表示遵命去尿了。

我一直不知道他多大，因爲他說他一百歲。
既然如此，我就說我十八歲。
反正都是假的。

他說他相貌醜陋，
我就告訴他我貌美如花，
很長一段時間一直用「如花」爲代號跟他對談。

事實上我有點懷疑他是女的，
我想他大概也以爲我是男的吧，
總之我們通話時是忽男忽女的，
他說他去逛了 gay bar，
我問他是零號還是1號，他就說他是「T」，
於是我回應：「眞可惜我是零號。」

我們通話胡說八道居多，
但偶偶也會有很美的時刻。
他會傳好聽的歌曲給我，然後我們一起在線上放出來聽，
聽完了討論自己喜歡的部分是哪裡。

那些珍貴的線上聽歌時刻。

聽完了歌，如果發現哪一部分他特別喜歡，而我忽略了，
就會再聽一次。
如果我覺得特別好聽，也會逼著他沒有道理的，重聽一遍。
在黑夜的大海裡，一起分享音樂，
（當然一定要喝咖啡啦！）
歌聲使得我的房間變大，無邊無際；
又使得世界變小，只剩下雅虎通的兩端。

我有許多好聽的音樂都是他供應的。

他特別喜歡 *Evita*。
有一次傳來〈You Must Love Me〉這首歌，
跟我講這首歌的情節。

Evita 出身貧苦，一路靠著自己的美貌往上攀爬，
利用一個又一個的男人，
到後來，終於到了沒有人可以依附的位置，

那時候她還不認識裴隆，
還看不到她的未來。

在火車站，她提著行李要往首都去，
前途茫茫，同時又充滿未知和希望。
這時候 Evita 唱出了〈You Must Love Me〉這首歌：

Where do we go from here?
This isn't where we intended to be
We had it all, you believed in me
I believed in you

Certainties disappear
What do we do for our dream to survive?
How do we keep all our passions alive,
As we used to do?

Deep in my heart I'm concealing
Things that I'm longing to say
Scared to confess what I'm feeling
Frightened you'll slip away

you must love me
you must love me

因爲要講這一段故事，Dian第一次透過音訊跟我對話，
聽到了他的聲音。
總算確認了：他不是女人，而我也不是男人。

講完了故事，就開始放歌聽。
在半夜裡，聽著瑪丹娜淒清的聲音，
帶著自信和些微的不確定，
是哀求，也是命令。

you must love me
you must love me

那眞是危險的情境，
在聽著歌的當時，
大約兩人都有些明白，
有些事改變了。
若非全盤瓦解，便是重新開始。

後來 Dian 就不再半夜叫我起床尿尿了。
我開始讓帳號永遠保持離線狀態，
有時看到他在線上，
就只是望著，從他上線，看到他下線，
如此而已。

有些事是不能驚擾的。
有些感覺，

不說的好。

You must love me
You must love me

Why are you at my side?
How can I be any use to you now?
Give me a chance and I'll let you see how
Nothing has changed

47. 被看見

「別人是自己的鏡子」，
這句話的意思，我一直認爲是說：
有別人看見，才覺得自己存在。

以前有部科幻電影，犯人犯了罪，最重的懲罰，
就是罰他「不被看見」。
所有人都要當作他是隱形的，當作他不存在，
他說話無人聽見，行動無人看見，
他置身人群中，卻是一個完全消失的存在。
這種大孤獨，比之荒野中孤身一人，恐怕更難以承受吧。

在影片裡，被判決「不被看見」的人，

最終是死於孤獨，死於置身人群中的孤獨。

我認識的小朋友阿仁，
便用一句話擊倒我，
他總是說：「我很孤單。」

因爲他這麼說，我便同意，
用MSN陪了他一夜，
讓他在那一頭睡著，
聽著他呼吸，翻身，打鼾，說夢話，
直到早上。

替全世界守著他，
至少，這一個晚上，
讓他不再孤獨。

48. 風箏

在網路上看到一個冷笑話。

有個人長的很像風箏，
許多人笑他，他很無奈，
跑去找醫師，想整容，讓自己不那麼像風箏。
結果醫師上上下下打量了他一番之後，
說：我沒辦法。
你必須接受你原來的樣子。

這個人於是說：「好吧。」

他走出門外，

然後像風箏一樣的飄走了。

我不知道這故事爲什麼會被歸類成笑話，
依我看，這故事再悲哀沒有了，
同時又很詩意。

我時常覺得，人一生最大的難題就是不能接受自己。
不能夠愛自己。

在台灣時很喜歡看一個影集：《CSI犯罪現場》。
有一集講一個侏儒父親，生了個正常的女兒，
這種機率是非常非常難得的。
這侏儒非常愛他的女兒，女兒跟父親感情也很好。
等到女兒成年後，
她就愛上了與父親最相像的男人，一個年輕的侏儒。
於是做父親的把女兒的情人殺了，

他的理由是：他不能讓侏儒的基因傳下去，
他不願意女兒生下的孩子也是侏儒。

案子破了之後，男主角葛理森說：
這個人的悲哀之處有兩點：
他犯了殺人重罪，
而且他憎恨自己。

多年前，有個香港演員。同時也是紅歌星，叫做泰迪羅賓，
他演過「新藝城」的《夜來香》。在裡頭演羅賓探長，
穿著件白色長風衣，戴著墨鏡，當年風行一時。

泰迪羅賓是個駝子，
這件事不知道爲什麼大人都沒看出來，
或者是看出來但不去「認知」他，
總之沒有任何報導，沒有任何人提這件事。

但是小孩子不一樣，小孩子非常清楚。
我的姪子那時候四歲，非常崇拜羅賓探長，
在家裡披著被單當作風衣，
並且一定要在背上綁一個枕頭，
模仿羅賓探長的駝背。
在他，那不是缺陷，反而是一種榮耀的標誌。

後來拍片現場見到泰迪羅賓，
想了半天，我還是過去告訴了他，
尤其強調我姪子一定要綁那個枕頭，
結果泰迪羅賓大笑起來。
他是這樣自信和開闊，難怪是巨星。

進入21世紀，在占星學上叫做「寶瓶時代」。
寶瓶時代的特徵是開放平等和博愛。
在造物的觀點，蟑螂和林志玲大約是一樣美的。
而美國總統和一隻蚊子，性命應該也同等可貴吧。

如果眞有這麼一個風箏人，那我很願意跟他做朋友，
我們可以一起做一些小小的壞事，
比如把他摺疊起來放在口袋裡，
就可以用一張票，兩個人一起
坐飛機，看電影，看歌劇，聽演唱會。

如果下了雨，或太陽太大，
可以請他飄在我的頭上，
替我遮陽避雨。

如果眞有這麼一個風箏人，那我很願意愛他。
讓他覆蓋在身上，一定冬暖夏涼吧。

49. 孤單北半球

在大陸上百度MP3網站，看到排行第一的一首歌：

用我的晚安陪你吃早餐
記得把想念存進撲滿
我望著滿天星在閃
聽牛郎對織女說要勇敢

別怕我們在地球的兩端
看我的問候騎著魔毯
用光速飛到你面前
要你能看到十字星有北極星作伴

一直以爲是大陸歌手唱的，
結果看到報導才知道，原來是台灣歌手，叫歐得洋。
這首〈孤單北半球〉真不得了，沒有任何宣傳，光只靠網路傳唱，
點播率超過周杰倫和刀郎，
這兩個人分別是台灣和大陸目前最火的。

因爲歌太紅，網路上一大堆歌迷翻唱，
光是百度這裡就有一百多條「網友版」，
我把他們都下載下來聽。
聽那些非常業餘的，卡拉ＯＫ級的聲音，
把同樣的旋律一遍又一遍的唱著。
把同樣的歌詞一遍又一遍的敘述出來——

少了我的手臂當枕頭你習不習慣
你的望遠鏡望不到我北半球的孤單
太平洋的潮水跟著地球來回旋轉
我會耐心地等隨時歡迎你靠岸

少了我的懷抱當暖爐你習不習慣
e給你照片看不到我北半球的孤單
世界再大兩顆眞心就能互相取暖
想念不會偷懶我的夢統統給你保管

那眞是特別的感覺，就好像那些不同的，
有些剛強，有些柔軟，有些成熟，有些生澀的聲音，
所有人同心一志，
要把這一首歌納爲己有，
想要把這首歌當成自己的人生，自己的故事，
想要讓這首歌成爲自己的歌。

張愛玲曾經說過：「世界上那麼多人在戀愛，
但是你愛的那個人，正巧也愛著自己，
這件事有多麼難得，好像很少人想過。」

而這首歌裡表現的正是這一種難得，
歌曲裡的男孩子理直氣壯的相信著對方愛他，
相信著自己是對方的最愛，
那麼歡欣，單純，全無懷疑。
這大概就叫純情吧。
對感情眞是不能想得太多的。

這首歌泡泡糖似的甜美歡快，
浮面，然而甜蜜到極點，
讓人很滿足。

也許快樂就應當是淺薄的東西，
也許要快樂就不能有什麼深刻的含義，
也許快樂就是要像泡沫，
比眞正的事實要虛浮，胖大，會映出彩虹，然後會很快消失。
也許快樂的要素便是很快消失。
不能想像一口氣快樂一千年，必定是可怕的狀況。

好奇怪，我們可以痛苦一輩子，
但是一輩子快樂，往往讓人難以忍受。

50. 杯子

因為愛喝咖啡，所以到了新的地方，
就會先去買杯子。

為什麼不把舊杯子帶著到處走呢？
因為很麻煩。

我有時會想：為什麼沒有人
發明方的或扁的杯子呢？
圓形杯子是再麻煩沒有的東西，
每次放在行李箱裡，總是怎麼放怎麼不適合。
我又絕不用塑膠杯，
我喝即溶咖啡已經非常將就了，

決心不在杯子的材質上虐待自己。

我喜歡陶杯或是瓷杯，或是玻璃杯，
簡言之，就是要容易破碎的東西，
身爲杯子而非常堅固，永遠不會碎裂，
可能是一種悲哀吧。

我喜歡會破碎的杯子，
會朽爛的衣服，
會發黃的照片，
會枯萎的花。
一樣物事會結束，便讓我覺得安心，
知道不必伺候它天長地久，
知道可以迎接新事物的來臨。

所以我丟東西是從來不手軟的。
我來北京就只帶十件衣服，兩本書，一雙鞋，兩個背包，其他一切都就地買，等到離開時丟掉。

我喜歡購物的感覺，
這大約是只有女性才會產生的興奮吧。
在商場裡東逛西逛，心態上覺得，
所有的東西我都需要，
在不曾刷卡結帳之前，整個商店好像都是你的。
精挑細選了半天，決定沒有一樣東西配得上我，
於是空手離開，
明天再來。

今天在星巴克買了兩個杯子，
一個玻璃的，胖胖的，百合花形狀，
那是個誇大的，接吻的嘴。
另一個是普通的馬克杯，粗陶，
但是杯身上寫著：「北京」，
好像這杯子的名字就叫做北京。

我帶著「胖百合」和「北京」回到旅館，立刻就餵了它們四大匙摩卡咖啡，外加許多的奶精。

我豢養我的「胖百合」和「北京」，好像別的人養他們的小貓小狗。

51. 買東西

我到家樂福去買咖啡。

之所以到家樂福，不是因爲別的地方沒有咖啡，
是因爲還要想順便買箱子。
我的行李箱……
我實在沒臉說這件事，
我的行李箱，用了快八百年了，
居然一直不知道它的號碼鎖是可以自己定的，
我一直以爲它的號碼是000，結果這次出門，
鎖箱子的時候，可能是不小心扳到了什麼地方吧，
總之鎖箱子的時候我還直稱奇，爲什麼號碼不是000的時候，
箱子居然還是可以鎖上。

結果到北京之後，箱子當然就打不開了。
因爲想說箱子也用夠本了，就用美工刀把它大卸八塊，
把裡面裝的東西解救出來。
因此，我需要一個行李箱。
於是來到家樂福。

眞說起來，跨國企業的偉大之處就是：
它在全世界的任何地方都一樣。
北京家樂福和台北家樂福，上海家樂福，
除了顧客，其他地方都一樣。

不過，大陸的大賣場的熟食部門，
一向都是極驚人的，嘆爲觀止。
我在上海就被嚇傻了。
還記得在上海的，好像也是家樂福吧，
我還眞算了一下，熟食的種類有兩百多種，

光是牛肉，就有八十多種不同種類。
北京這裡看到的也是，哇，一切都是滿坑滿谷，
任何一種肉類都是數十種，盤盤相連，綿延不絕，
連醃製香腸也搞出十六種，不同的奇怪名字，不同的奇怪的形狀，
讓我很好奇他們到底有什麼不同的滋味。
麵食類，大餅小餅栗子餅雜糧餅玉米餅紅棗餅，窩頭饅頭包子花捲銀絲捲豆沙捲紅棗捲，燒餅驢打滾蟹殼黃，八寶飯，黃八寶飯，紅棗糕，小米紅棗糕，栗子紅棗糕……
這許許多多的食物就像不要錢似的堆著放著，
好像眞的證明了中國大陸已經財大氣粗了。

我回去的時候碰上沙塵暴。
其實這兩天北京一直在颳沙塵暴。
風很大，在路上看到飯店的門僮在作耍，
那是個泰國餐廳，兩個門僮，一男一女，穿著泰國服飾，
站在空處，張著手，讓風把他們從這頭往那頭吹去，
兩個人衣衫飄飄，色彩燦麗，

順風勢在水泥地上滑行，眞像舞蹈。

但是北京人依舊在街邊賣東西，
小攤販攤著三尺見方的塑膠布，四面壓著石塊，
全部家當就在這片膠布上，賣些一件一元或兩元的小東西，
邊吆喝，邊用手拍打颳上貨品的沙粒。
兩步外便是大馬路上，滾滾風塵。

這沙塵暴已經颳了兩千年了。

52. 燕子

燕子啊，聽我唱個我心愛的燕子歌
親愛的聽我對你說一說，燕子啊
燕子啊，你的心情愉快親切又活潑
你的微笑好像星星在閃爍
啊…………

眉毛彎彎眼睛亮
脖子勻勻頭髮長
是我的姑娘燕子啊

燕子啊，不要忘了你的諾言變了心
我是你的你是我的燕子啊

〈燕子〉這首歌好像是新疆民謠吧。
我在北京聽到的是女歌手黃燦唱的版本。
黃燦聲音不突出，音色很單純，
不特別明亮，不特別甜美，
完全是小家碧玉的感覺。

她唱這首〈燕子〉，也一點不賣弄，
緩緩的平實和素樸的唱著，
聲音澄澈，一點感情也不帶，
我聽到後來卻流下眼淚來了。

大約就是這樣完全不要煽情的唱法，
反倒表達出很單純的深情吧。
這首歌一般是由男中音唱的。

黃燦的女聲唱出來，產生了旁白的效果，
她在述說他人的故事。

說故事的人明白這是一個應當美麗的故事，
在想念遠方情人的時候，
歌者說：

不要忘了你的諾言變了心
我是你的你是我的

但是離開大漠的人很少會回頭的，
歌者在唱著的時候已然知道結局，
所以那平靜的聲音裡其實有深深的哀傷。

王家衛電影裡那間房號「2046」的房間，
存藏著所有的回憶，
那必定也是悲傷到極點的所在，

因爲置身回憶和活在痛苦中是兩回事，
痛苦是有形的，回憶是無形的。

黃燦的〈燕子〉，在副歌之後是一段伴奏，
那樂器是什麼，不知道，音色有點像嗩吶，
不過也有可能是小提琴或中提琴吧，
我從來沒聽過那樣傷慘的音色，
活生生的心碎，節奏拖拉著，
邊唱邊哭，到後面是泣不成聲的沙音，
就是這一段讓我落淚了，
那歌者彷彿幻想似的唱著，期待著，
但是伴奏的樂器知道全部眞相，
就像是歌者心底眞正的聲音。

〈燕子〉歌其實就是一段封存的記憶，
把記憶停在最美好，尚未變化的那一段上，
是對自己說的謊言，

那哀傷難以遏止就因爲
騙不過自己。

53. 屋頂

我住的這裡是十六層的高樓。
從窗外可以看見旁邊的建築的屋頂。
在窗前，說是窗前，大約隔個一兩千公尺吧，
是隔壁的社區，北京這裡叫「小區」。
這小區不高，依舊保持著斜面屋頂，瓦片是灰色的。

剛才朝窗外看，
看到有兩個工人在小區的屋頂上走著，
應該是走在屋稜上。
兩個人，戴著圓頂工作帽，
慢悠悠的，外套一甩一甩，
走到了屋頂的中點，

就蹲下來，開始抽菸。

天際線上，那兩個人踞坐在屋頂稜線上，
眞像兩隻優閒的大鳥。

旁邊有個小小牌子，上面用大字標示：「天堂」
不過我仔細再看了看，
其實是「天台」兩個字。

眞想到那上面去和他們一起坐著，
屋頂上的風吹在臉上一定特別舒服吧。

54. 最近

我最近對網路意興闌珊，除了自己實在忙，
另一個原因大約是，
對我而言，網路的功能好像已經完成了。

當初來網路的我，剛與自己的男人分手，
跑來網路是想找個相濡以沫的伴侶。
這個意念，在我的簡介寫得很直接。
有鄰居來留言說，
我的簡介，「分明是來引誘全天下男人的。」
我是嗎？
大約是吧。我是玩文字的人，當然知道自己在寫什麼，當然知道自己寫出了什麼效果。

但是除此之外，我的確也是誠心的。

關於愛這件事，對別人是如何，我不敢講，

但是對我而言，我是比較喜歡去愛人的。

僅僅是覺得自己喜歡著某一個人，

悄悄注視著他，

就足以使每天的生活產生意義。

所以，所謂的尋找愛，其實是在找一個可以爲我所愛的人吧。

年紀輕的時候，也是很矜持的人，

那時候覺得「不取」很重要。

別人要給你什麼，就算我自己缺少，但是，

「我不要總可以吧！」

「不要」好像可以成就自己的尊嚴。

年紀大了以後，才明白，

給予是給予，
接受是另一種給予。

愛一個人是愛，
接受一個人的愛也是愛。

與「前男人」在一起的時候，生活中的那個部分很重要，
就是彼此表達愛意。
我是喜歡嘰嘰喳喳的女人，
要說出來，要聽到。
時常告訴他：「我愛你。」
貼標籤一樣貼在他身體每個部位。
然後逼他說他愛我。
一向總是逼得來的。

生活中的愛情很像是空氣中的微塵，
在陽光中漫舞的時候，其實是非常美的，
但是不去注視它，它就逐漸落下來，
堆積在牆角，成爲灰塵。

最近有個朋友給我看他多年前的家庭照，
那一家人，在照片上，明顯是快樂的，
但是，現在已經不一樣了。
那在陽光裡飄舞的微塵，是如何在無言中被忽視，
之後墜落，成爲了生活的灰塵的？
必然是漫長的故事。

在我自己，是與對方的兩年分離，使愛情成爲灰塵的。
是這分離階段的無數爭吵，使愛情成爲灰塵的。

在電影《未婚妻的漫長等待》裡，
男主角去參戰，人人都相信他死了，

只有他的未婚妻馬蒂爾不相信。
費盡千辛萬苦，馬蒂爾在片尾找到了她的男人。

兩人的見面，導演沒有安排擁抱和親吻，
只是讓馬蒂爾坐在她的未婚夫面前，
看著他，看著他，看著他，看著他……

我覺得愛情不就是這樣嗎，
愛情就是注視啊，
愛情很簡單，就是
看著他，看著他，看著他，看著他……

這注視是讓兩個人幸福的，
這注視讓彼此都因此而獨特而不同。

我來網路，其實便是來尋找一個可以讓我注視，
並且也注視我的人。

這大約是我特別不喜歡被許多人包圍的原因，
因爲我是想尋找某個特定人的眼光，
而無意讓自己淹死在視線裡。

找到沒有呢？
當然找到了。

但是找到了完全不是 happy ending 的開始。

INK PUBLISHING 文學叢書 139

孤單情書

作　　者　袁瓊瓊
總 編 輯　初安民
責任編輯　丁名慶
美術編輯　許秋山
校　　對　余淑宜　丁名慶　袁瓊瓊

發 行 人　張書銘
出　　版　INK 印刻出版有限公司
台北縣中和市中正路 800 號 13 樓之 3
電話： 02-22281626
傳真： 02-22281598
e-mail : ink.book@msa.hinet.net
網　　址　舒讀網 http://www.sudu.cc

法律顧問　林春金律師
總 代 理　展智文化事業股份有限公司
電話： 02-22533362 · 22535856
傳真： 02-22518350
郵政劃撥　19000691 成陽出版股份有限公司
印　　刷　海王印刷事業股份有限公司

出版日期　2006 年 12 月 初版
ISBN　978-986-7108-92-0
986-7108-92-2

定價　200 元

國家圖書館出版品預行編目資料

孤單情書／袁瓊瓊 著.- - 初版，
- - 臺北縣中和市： INK 印刻，
2006〔民 95〕面； 公分（文學叢書； 139）

ISBN 978-986-7108-92-0（平裝）

855　95022894

INK INK INK INK INK INK IN
K INK INK INK INK INK INK
INK INK INK INK INK INK IN
K INK INK INK INK INK INK
INK INK INK INK INK INK IN
K INK INK INK INK INK INK
INK INK INK INK INK INK IN
K INK INK INK INK INK INK
INK INK INK INK INK INK IN
K INK INK INK INK INK INK
INK INK INK INK INK INK IN
K INK INK INK INK INK INK
INK INK INK INK INK INK IN
K INK INK INK INK INK INK
INK INK INK INK INK INK IN
K INK INK INK INK INK INK
INK INK INK INK INK INK IN
K INK INK INK INK INK INK
INK INK INK INK INK INK IN
K INK INK INK INK INK INK
INK INK INK INK INK INK IN
K INK INK INK INK INK INK
INK INK INK INK INK INK IN
K INK INK INK INK INK INK

INK INK INK INK INK INK